二見文庫

兄嫁との夜

深草潤一

目次

兄嫁との夜

第一章　染みつき下着の誘惑

三月に入っても相変わらずだった寒さが、今日になって急に和《やわ》らいだようで、頬に当たる風の冷たさが昨日までとは違っていた。

――ちょっとミスッたかな。

藤森浩介《ふじもりこうすけ》はいつもの厚いボア付きのコートを着て外に出たのを後悔しはじめていた。改札を出て駅前のスーパーに寄ったまではよかったが、見舞いの果物を買って荷物が増えると、歩いているうちに汗ばんでくるようだ。港北総合病院までは十分足らずだが、このままだと着いた時には汗だくになってしまうかもしれない。そう思って、荷物を手に歩きながら器用にコートを脱いでいった。

脱いだら脱いだでやはり肌寒いのは何とも難儀なことだが、病院まで早足で行けば体が温まってちょうどよさそうだった。浩介は歩幅を広くしてやや急ぎ足になった。

――これなら五、六分で着くだろう。

ふと義姉《あね》の顔が浮かんだ。果物はいろいろ詰め合わせてもらったから重いのだが、義姉の歓《よろこ》ぶ表情を想像するだけで、荷物も脚も軽くなるようだった。

ほどなく病院に到着し、浩介は面会の受付でバッジを貰《もら》ってエレベーターに乗った。五階で降りると目の前がナースセンター。カウンター内に数人の看護師がいたが、誰にともなく軽くお辞儀をしながら横を通り抜け、義姉の病室に向かった。

四人部屋の奥、窓側のベッドで横になったまま、千絵《ちえ》は音楽を聴いていた。浩介が来たのに気づくとイヤホンを外した。

「これ、頼まれたやつね」

果物の入った袋を見せると、千絵はふんわりと微笑んだ。柔らかな笑みが、浩介の胸を温かくくすぐる。整った卵形の輪郭にすっきりした目鼻立ちの美貌は、いつも浩介の心をわくわくさせる。特に惹《ひ》かれるのが大きな目で、切れ長の目尻がきりっとした印象を与えるのに、微笑んだ途端に包み込むようなやさしさが溢れるのだ。

肩より少し長い髪は入院生活には不便なのか、左右で縛ってお下げのようにしている。二十六歳という実年齢以上に落ち着いた雰囲気を持っている千絵にしては、何となくアンバランスな感じもなくはないが、それが存外にセクシーな趣《おもむき》を醸《かも》しているようでもあった。

「ありがとう。いろいろ買ってきてくれたのね。大変だったでしょう、こんなに」

「別にどうってことないよ。駅に着いてから買ったんだから」

義姉に頼まれたのは林檎《りんご》だったが、気を利かせて他のものも買ってきた。それを歓ばれて内心うれしいのに、さも当然といった顔をした。

千絵は布団をめくり、体を捩《よじ》って肘で支えながらゆっくり上半身を起こしていく。パジャマの襟がたわむように浮いて、ふくよかな乳房の裾野のあたりが露わになった。だが、ほんの一瞬だけで襟は元に戻ってしまい、素知らぬふりで見ていた浩介は、顔を上げた千絵から慌てて視線を逸《そ》らした。

「哲弘《てつひろ》さんのところは?」

「これからだよ」

「じゃあ、ついでに半分、持っていってあげて。松葉杖だと面倒だから」

「うん」

浩介はパイプ椅子に腰を下ろし、空《あ》いている紙袋をもらって兄の病室へ持っていく分を選《よ》り分けた。兄が好まないラ・フランスはもちろん残しておく。それは最初からそのつもりで、

——義姉さんのために買ったんだから。

と、特に時間をかけて選んだ一個をスライド式のテーブルの上に置いた。他のものも、いつでも食べられるようにいくつかは出しておくが、わざわざ義姉の好きなラ・フランスを買ってきたことを、彼女に気づいてほしかった。

だが、千絵はそのことについては何も言わず、取り分ける彼の手元をじっと見ているだけだった。

港北総合病院に兄夫婦が入院したのは先月中旬のことだ。二人は東京世田谷のマンションに住んでいるが、伊豆の温泉に向かう途中で玉突き事故に巻き込まれ、横浜市内のこの病院に運ばれたのだった。

母から携帯に電話がかかってきた時、浩介はまだベッドで微睡《まどろ》んでいた。ちょうど大学の後期試験が終わって春休みに入ったので、ゆっくり寝ているつもりだったが、事故の知らせで眠気は一気に吹き飛んだ。

横浜市内でアパート住まいしている彼に、母は病院名を告げ、先に行ってほしいと言った。千葉の実家からだと二時間半はかかるから、すぐに家を出ても着くのは午後になってしまう。

浩介が病院に着いた時、二人はすでに救急処置が終わってそれぞれの病室にいた。

医師の説明では、千絵は左脚の膝蓋骨骨折、つまり膝の皿が割れており、手術をして金属で固定するが、その他は軽い打撲だけなので、ギプスが取れてリハビリを始めればほどなく退院できるということだった。

だが、兄の哲弘の方は骨盤を骨折しており、軽度ではあるが入院は長引くだろうと言われた。それでも二人とも命に別条がなかったのは不幸中の幸いと言うべきかもしれない。後から到着した父も母もそう口を揃えていた。

翌日、千絵の母親が金沢から出てきて、手術が無事に終わって落ち着くまで、世田谷のマンションに泊まって通いで世話をした。千葉の両親は家業の八百屋を二人だけでやっているため、休みの日にしか来られないからだ。

その間、浩介も二度ほど見舞いに来たが、千絵の母が金沢に帰ると、何日かおきに見舞ってくれないかと母に頼まれた。学校は春休みだし、何より近くにいるのだからと言われたが、彼としても異存はなかった。

そうして浩介は、コンビニのアルバイトの合間の時間で、だいたい二日おきくらいに病室に顔を出すようにしているのだった。

「どうなの、痛みは軽くなってる?」

「そうね。先週に較《くら》べるとだいぶいいかな。痛み止めも、たまにで大丈夫になってきたから」

「よかったね。じゃあ、よく眠れるようになったでしょ」

千絵はにっこり頷いて、左脚のギプスを布団の上から軽くさすった。手術後、痛みで眠れないこともあって、点滴に鎮痛剤を入れてもらっていたが、それも徐々に治まって、いまは内服薬になったようだ。顔色がだいぶ良くなり、表情も生き生きしてきた。順調に回復しているのが浩平の目にもわかる。

「そこの下を開けてみて。お菓子がいっぱいあるから」

言われてテーブルの下の扉を開くと、見舞いの菓子折が三つも入っていた。包みは開いていて、いくつか手を付けてある。

「土曜日に会社の人や学生時代の友だちが立て続けに来てくれてね、みんなお菓子だったのよ。でも、哲弘さんは甘いもの食べないし、多すぎるから適当に持って帰ってくれないかしら」

「たしかに多いね、これは。じゃあ、遠慮なくもらっていくよ」

浩介は酒も飲むが甘いものも好きで、それを義姉もよく知っている。浩介はそれぞれ中身をチェックしながら抜いていった。どれも目移りしそうな詰め合わせなので、ひとつずつ取るとかなりの数になってしまう。

「こんなにもらっていい？」

「どうぞ。なんなら箱ごと持って帰ってもいいわよ」

選び取った量を見て、千絵はおかしそうに笑った。つられて浩介も声を上げて笑ったが、同室の患者のことを気にして声を落とした。

「買ってきたやつ、食べる？　林檎でも剝こうか」

「浩介くんが剝いてくれるの？」

「うん。それくらい、できるさ」

包丁やナイフの扱いに自信があるわけではないが、林檎を剝くくらいはできる。何より義姉の世話をやきたいという気持ちが強いのは、兄嫁であるにもかかわらず、あたかも自分が千絵と結婚しているようなくすぐったい気分を味わいたいからでもあった。

「ありがとう。でも、いいわ。手を怪我したわけじゃないし、わたしがやる。浩介くんも食べるわよね」

「あ……うん」

あっさり返されてしまったが、千絵が剝いてくれる林檎を食べるのも、それはそれでうれしい。千絵はボタンを押してベッドの背を起こした。

「じゃあ、悪いけどこのタオル、濡らしてしぼってきてちょうだい」

部屋のドア横に洗面台がある。ギプスでいちいちベッドから下りるのは大変だから、手を洗う代わりに濡れタオルで拭こうというのだろう。

タオルを受け取って洗面台に行くと、隣のベッドの中年女性に、「いつも感心だわねえ」と声をかけられた。市内に住んでいるとはいえ、熱心に見舞いに来る義弟に本当に感心しているようだ。ところが、浩介は何やら冷やかされた気がして、照れ笑いが引き攣《つ》りそうになった。そう感じてしまうのは、彼の気持ちにどこか疚《やま》しいものがあるからだった。

浩介はパイプ椅子に戻ると、林檎を剝きはじめた千絵を黙って見ていた。顔は彼女の手元に向けているが、視線はパジャマの胸元やウェスト、布団からわずかにのぞくヒップのあたりを落ち着きなく彷徨《さまよ》っている。

病院内はしっかり空調が効いているため、着ているパジャマはあまり生地が厚くない。そのせいか、やけに無防備な感じが浩介をそそるのだ。

今日のパジャマはクリーム地に赤と紺の細いチェック柄だが、胸元で歪む格子模様がバストの隆起を強調しているように見える。千絵のバストはおそらくDカップくらいではないかと彼は踏んでいる。

そのふくよかな双丘の盛り上がりは、パジャマ姿にもかかわらず普段の着衣の時とほとんど変わらない印象だ。まさか入院中にブラジャーはしていないはずだから、それは素晴らしく魅力的なことだった。つまり、ノーブラでも少しも垂れていないらしいということだ。ふくよかなだけでなく、形も美しいことは想像に難《かた》くない。

浩介は病室を見舞うたびに、そんな義姉の乳房を思い描いて密かに股間を疼かせてしまう。さっきのようにパジャマの襟元から中が覗けそうになることがよくあるので、ふとした弾みで乳首まで見えないかという期待感はいつも抱いている。

怪我をして入院中なのにそんな不謹慎な、という気持ちがないわけではない。だが、彼女のパジャマ姿は悩ましくも甘美な記憶と結びついていて、淫らな想像をするなという方が無理なことだった。しかも、彼にとって千絵は、兄嫁という以上に特別な存在だったのだ。

二年前に結婚した哲弘と千絵は、大学時代から交際していた。その頃から彼女は千葉の実家にも何度か遊びに来ていて、最初は地元の夏祭りの時で、兄と六つ歳が離れた浩介はまだ中学二年生だった。

早めの晩御飯を家族と一緒に食べて、千絵は兄とお祭りを見に出かけ、その晩は泊まっていった。もっとも、彼女の布団は客間に用意され、それ以降も何回か泊まったことはあるが、必ず客間に一人だったから、兄も両親もそれがけじめと思っていたのだろう。

十四歳の浩介にとって、初めて会った大学生の千絵は完全に大人の女性だった。仮に兄の恋人でなかったとしても、ガールフレンドになりうる対象ではないから、中学校のクラスメートのような〝異性と接する時の甘酸っぱい感覚〟はなかった。

だが、大人であるがゆえに、女の肉体を意識してしまうのは無理もないことだ。その点は、未成熟な中学の女子生徒とは比較にならないくらい興味津々《しんしん》だった。千絵のなやましく突き上げる胸の膨らみや、くびれた腰からヒップへの優美なラインが眩《まぶ》しく見えて仕方なかった。そんな女性が家の中にいて、一緒に夕食の膳を囲むといった情況は初めてのことだから、浩介にとってはあまりに新鮮な刺激に充ちていた。

そして、それ以上に魅惑的、かつ煽情的な光景を、深夜になって目《ま》の当たりにしたのだった。

午前三時頃だったろうか、浩介は尿意で目が覚めてトイレに立った。用を足した後、台所の方で物音がしたので行ってみると、流しの前に千絵がいた。明かりは消えたままで、街灯の光が窓からぼんやりと差し込む薄闇に、長い髪のシルエットが浮かんでいた。

「眠れないんですか？」

気づいて振り返った彼女に、浩介は小声で訊《き》いた。

「目が覚めちゃって……喉が渇いたからちょっとね」

千絵は手にしたコップに水道の水を注いだ。寝起きの声は少しかすれてセクシーな響きだった。

「冷蔵庫の中に烏龍茶と麦茶が入ってますけど」

「そうなの。じゃあ、もらおうかしら」

コップの水を捨てて冷蔵庫のドアを開けると、千絵は屈《かが》み込んで中を見た。その途端、浩介はハッと息を呑み、体を強張《こわば》らせた。薄闇に冷蔵庫の白い光が洩れ出たかと思うと、逆光に晒された千絵の体のラインが透けて見えたのだ。

——すげっ！　完全に透けてる!!

千絵が着ているのはワンピースタイプのゆったりした寝衣で、腋からウエストを経て、太腿までの線がくっきりシルエットになっている。しかも、右手で扉を持ったまま中を覗き込んでいるから、バストの膨らんだ感じがよく見えるし、挑発的なヒップがこちらに突き出されているのだ。

浩介はパジャマの股間がにわかに強張るのを感じて思わず手をやった。包み込むように押さえると、無意識にさすってしまう。放尿していったんすっきりしたペニスが、瞬く間に熱く滾《たぎ》りはじめた。

風呂上がりの千絵を見た時は、ワンピースのスカートに着替えただけで、そのまま寝るものとは思わなかった。たしかに部屋着にしては素っ気ないデザインだった気がするし、そろそろ寝ようかという時間にわざわざ部屋着になるのも、考えてみれば変なことだ。

だが、そんなことよりも、浩介は目の前の刺激的な光景に圧倒されていた。ただ影絵みたいに見えるだけなのに、乳房の優美な円《まる》みが立体感を醸し出している。童貞の浩介でも直感的にノーブラであると確信できた。

そこから下に目をやると、優美なラインはウェストできゅっと括《くび》れ、ヒップでなやましいカーブを描いて太腿へと伸びている。途中にわずかな段差があるのはパンティに違いない。それは極めて幅が狭く、高い位置にあった。ハイレグのパンティで、脇がほとんど紐のように細いのだと想像がつく。

ヒップを包む逆三角形の下着を脳裡に描くと、浩介は完全に勃起したペニスを握りしめた。そのままさすり続けていたら射精してしまいそうだったのだ。

オナニーを覚えたのは一年前で、ほどなく精通もあった。だが、まだ完全に皮が剝けきっていないせいか、精液の処理はいつも面倒だと思っている。だから、ブリーフの中に撒き散らすなんてとんでもないことだった。

そんな十四歳の自制心を、千絵の魅惑のシルエットが嘲笑《あざわら》う。目を凝らして見ると、官能的な墨絵にも微かに色があるようで、太腿の肉とわずかに色を違《たが》えてパンティの形がほのかに浮かび上がっている。

「ペットボトルじゃない、ポットの方が麦茶かしら?」

「えっ……あ、はい……」

不意に千絵に訊かれ、浩介は慌てて応えた。動揺しかけて声が少しうわずってしまったが、千絵は別に不審に思って振り返ったりはしなかった。

「それと、グレープフルーツ・ジュースがまだあるかもしれないです。横にして入れてあると思うけど」

浩介はいつも母に、冷蔵庫のドアをいつまでも開けておかないように注意されるのだが、いまの千絵にはずっと開けたままでいてほしいと願った。

「どれかしら……ああ、これね」

近くで見ると鋭角なパンティのラインがさらによく映っていて、尻の肉が半分近くはみ出ているのがわかる。

──寝ている間にズレたのかも。

千絵の寝乱れた姿を思い描くと、それは頭の中でさらに過激に乱れ、露わになったパンティがTバックのように食い込んだ恰好になる。秘めやかな部分の食い込みは童貞少年の想像の域を越えていたが、半裸同然に見える目の前の光景だけでも、鼻血が出そうな昂《たかぶ》りを覚えるのだった。

「グレープフルーツか……ジュースはいいかな。やっぱり麦茶ね……」

千絵は独り言のように呟きながら、麦茶のクーラーポットを取り出した。冷蔵庫のドアを閉めると、キッチンは再び薄暗がりに沈んだ。

悩ましいシルエットが消えて残念だが、部屋に戻るのも何となく惜しい気がして、その場を立ち去れずにいた。すると、千絵がコップの麦茶を一口飲んで振り返った。

「浩介くんも飲む？」

「あ……うん」

浩介は誘われるように歩み寄り、水切りに残っていたコップを取って麦茶を注いだ。肩が触れそうなほど千絵に近づいて、浩介の胸はざわめいた。彼女の髪から漂う香りは、同じシャンプーを使ったとは思えない甘美なものに感じられる。それに混じって、やや汗ばんだ肌の匂いが鼻腔をくすぐるのだ。

――何だ、この匂い！

女子の汗ばんだ肌の匂いは、たとえば暑い日の教室や体育の時間に感じ取ったことはあるが、それとはまったく異なるものだった。同級生の女子は汗そのものの匂い、つまり塩っぽくてやや酸っぱい感じがするのに、千絵からは何やら甘ったるい匂いが漂っている。それはきっと〝肌の匂い〟に違いないと思った。

薄闇のせいで嗅覚が鋭敏になっているのだろう。浩介は軽い目眩《めまい》のような感覚に襲われた。すでに勃起していたペニスは、さらなる痺れが走って脈を打つ。握りしめたい衝動を抑えて麦茶を口にするが、コップを持つ手が微かに震えていた。

「夜はとっても静かなのね。遠くで蛙の鳴き声が聞こえるだけだわ」

「だって、もうこんな時間だから」

「東京だと、こんな深夜でも車の音なんかけっこう聞こえるのよ。酔っぱらいが大声出して歩いてたりとかね」

「そうなんですか」

夜は静かで当たり前と思っているが、彼女に言われてあらためて静寂を意識した。するといま起きている自分と千絵だけが別の世界にいる気がしてくる。そしてまた、甘く匂い立つ千絵の肌が脳髄まで痺れさせるのだった。

千絵は麦茶を飲み終えると、コップを軽くすすいで水切りに戻した。クーラーポットを手にして、「もう、いい？」という表情で浩介を見る。コップに口を付けたまま頷くと、彼に背中を向けて冷蔵庫を開けた。

その瞬間、甘美なシルエットが、今度は目と鼻の先に浮かび上がった。腰骨の下の細い紐のようなパンティの食い込みも、三角の布地と尻肉の色の違いも先程より鮮明に映っている。

ポットを冷蔵庫に戻す時、伸ばした腕と脇の間にこんもり隆起した乳房の円みがくっきり透けて、微かに揺らぐ様子さえ窺えた。女性の乳房を触った経験がない浩介でも、それはいかにも柔らかそうに感じられた。

こんな煽情的な光景を間近で見せられてはたまらない。うずうずした痺れが下腹から背筋へと駆け上がり、ペニスが再び脈動してしまうと、先端からわずかに洩れ出るものを感じた。精液とは違う透明な液だが、射精が迫っていることを教えている。

浩介がそんなことになっているとも知らず、千絵は冷蔵庫を閉めると、「じゃあ、おやすみなさい」と言ってその場を離れ、客間に戻っていった。一瞬だけだったが、より鮮明に透けて見えた千絵の肉体。その魅惑のシルエットは、浩介の脳裡にくっきりと焼きついた。

浩介は飲み終わったコップを洗うと、自分の部屋には戻らず、もう一度トイレに入った。これほどペニスがいきり立ってしまっては、鎮《しず》めないわけにはいかなかった。このまま布団に戻っても、もやもやした疼きを持て余して眠れそうにない。

——ああ、千絵さん……千絵さん……！

浩介は胸の中で、兄の恋人の名を狂おしく叫びながら、パジャマのズボンとブリーフを押し下げた。トイレットペーパーを巻き取るのももどかしく、屹立したペニスをしごき上げる。

——ああ、あのオッパイ……あのお尻……。

脳裡に浮かべる残像は、覗き見えた柔らかそうな乳房の円みであり、パンティを半ば食い込ませたヒップだった。両方を素早く切り替えながらも、最終的にどちらに焦点を当てるべきか決めあぐねたまま、頂点に向かって邁進《まいしん》する。

剝けきっていない包皮から鈴口が顔を出し、初々しいピンクが艶やかに光っている。自《おの》ずと速まるしごきに、摩擦感は妖しいぬめりを伴っていっそうの快美を湧き立たせた。

「んっ……!!」

鮮烈な快感に突き上げられ、腰砕けになりかけた。何とか堪《こら》えはしたものの、膝はがくがく震えて立っているのがやっとの状態。二度三度四度と、立て続けに愉悦の波に煽られて、目の前が霞《かす》んでくるようだ。これほどの快感は初めてだった。

幾重にも折ったトイレットペーパーを、夥《おびただ》しい精液がべっとり濡らした。紙がペニスに触れると後の始末が大変だから、先端からやや離して受けとめるが、射精の勢いは凄まじい。結局、半分も受けとめられず、便器や床に撒き散らしてしまった。壁の方に飛ばないように注意したせいで、紙から滴《したた》り落ちるのをどうすることもできなかったのだ。

異様なまでの快感が突き抜けた後、浩介はすっかり脱力してしまった。頭がボーッとして、口で荒い息をしていた。

ようやく呼吸を整えると、無惨な悦楽の残骸にため息をつき、のろのろと後始末を始めた。トイレットペーパーが手にこびり付かないように注意しながら、ペニスを慎重に拭《ぬぐ》っていく。半分近く顔を出している亀頭部分はとりわけ敏感だから、注意深くやらねばならない。そうやってペニスをきれいにしてから、最後に床や便器を拭き取った。

——匂い、大丈夫かな……。

生臭い精液臭が気になったので、換気扇を切らないでおくことにした。誰かが寝惚けて切り忘れるのは時々あることだから問題ない。

部屋に戻って布団に潜り込んだ浩介は、それでもまだしばらくは昂奮醒めやらぬ状態だった。射精の瞬間、千絵の乳房でイッたのか、あるいはヒップだったかよく覚えていない。だが、魅惑の残像はしっかり記憶に留めていて、思い浮かべるだけで股間の疼きがぶり返すようだ。

ただ、甘やかな千絵の肌の匂いだけは、いくら思い出そうとしても再び甦ることはなかった。不思議なことに、翌日、朝食の後でさり気なく千絵に近づいて深く息を吸い込んでみたが、あの匂いは感じられなかった。

——何でだろう!?

それが浩介の胸の奥深くで燻《くすぶ》り続けることになった。

それからも、年に数回だが千絵と顔を合わせる機会があった。そのたびに浩介は、あの夜の匂いのことを思い出したが、千絵からはいつもコロンの匂いしか感じ取れなかった。泊まっていく時など、また夜中に起きてきたりしないかと思うとなかなか寝つけなかったが、再びチャンスが訪れることもないまま、いつの間にか眠りに引き込まれてしまうのだった。

浩介にとって、初対面の時の千絵はまったくの大人の女だったのが、中学を卒業し、高校一年、二年と年を経るに従って、まるで彼女との歳の差が少しずつ縮まっていくように感じられた。それにつれて、千絵に惹かれていく自分を意識せざるを得なくなった。

彼女の落ち着いた物腰はとても魅力的だった。浩介を包み込んでくれるようなやさしさも感じられ、たとえそれが恋人の弟だからというものであっても、彼の心を惹きつけるには充分だった。

そして、いつしか浩介の中で、彼女への憧憬《しょうけい》がはっきりとした輪郭を見せるようになった。兄が千絵を家に連れてくることが予《あらかじ》めわかると、その日が待ち遠しくて仕方がないのだ。実際に顔を合わせた途端に胸が高鳴って、頬が赤らむのを変に思われないかと気にするあまり、かえってドキドキに拍車がかかってしまう。

だが、兄の恋人である限り、それは抑え込むしかない感情であり、そのことは彼自身もよくわかっていた。だからこそせつなさが胸を焦がすのだ。千絵を思うときの高揚感は、虚しさと表裏一体だった。

浩介の大学合格を待つように、桜の季節に二人は結婚した。横浜にアパートを借りて学生生活が始まると、兄夫婦の新居と近くなったことで、千絵と会う機会は増えた。

夕食に招いてくれたり、テニスのコートを予約したから一緒にどうだとか、旅行の土産を買ってきたから来いといった調子で誘われるようになったのだ。

ところが、最初のうちこそ千絵の手料理に舞い上がりはしたものの、しだいに気持ちが萎《な》えるようになってしまった。千絵に会えるのはうれしいのだが、それは同時に仲の良いを二人を見せつけられることにもなるからだ。

浩介は新居に行っても寝室を見せてもらったことがない。見たいと思ったこともない。寝室のドアを見るだけで、そこで抱き合い、体を重ねる二人をつい想像して、やりきれない気分になったりもした。

やがて浩介は、兄夫婦と会う回数を減らしていった。初めは適当な理由をつけていたのだが、同じゼミの女の子、小須田里香《こすだりか》と仲良くなってからは、実際に都合の悪いことが多くなった。

千絵に会いたい気持ちも少しずつ薄れてきた。それは里香と付き合いはじめたことだけが原因ではなく、兄夫婦を前にした時のせつない気持ちを味わいたくないという心理がどこかで働いていたのかもしれない。

にもかかわらず、千絵を見舞うようになってからというもの、彼女への思いが日々高まっていた。里香と付き合っていながら、どうすることもできないのだ。抑えていたものが、枷《かせ》を外して勝手に歩きはじめたようでもあった。

「おいしそうねえ、この林檎。はい、どうぞ」

千絵は剝いた林檎を使い捨ての紙皿に載せて差し出し、自分も一切れ口に入れた。

「ん……甘くておいしい。先週いただいたのは、ちょっと酸っぱかったけど、これはおいしいわ。ありがとう、浩介くん」

「うん。ほんとだ、旨い」

頷く浩介は、味そのものよりも、千絵の手で剝かれた林檎を口にしていることの方がうれしい。自分がやるより剝いてもらってよかったと思った。

食べながらつい、千絵の細くてしなやかな指に目が行ってしまう。その指が自分に絡みついて蠢《うごめ》くところを思い浮かべ、どれだけペニスをしごいたか数知れない。病室で義姉を前にしながら、浩介はそんなことを思い浮かべて密かな昂りを覚えていた。

すると、同室の患者たちにお辞儀をしながら母が入ってきた。

「あら浩介、来てくれてたの。いま哲弘のところに行ったら、今日は来てないって言ってたけど、あっちはまだ行ってないのね」

「うん、義姉さんに買い物頼まれてたから、先に持ってきたんだ」

気まずさを隠して言うと、母はそんなことなどどうでもよかったのか、言い終わらないうちに千絵に話しかける。

「あら、ずいぶん顔色が良くなったわね。先週と較べたら、見違えちゃうじゃない」

「けっこう痛みが和らいできたんです。おかげで昨日今日はずいぶん楽かな」

「それはよかったわね。はい、これ」

「すみません、お義母さん」

母はベッドと浩介の間に割り込んで、大きめのトートバッグを千絵に見せた。浩介は立ち上がって母に椅子を譲った。バッグの中は洗濯した衣類が入っているようだ。千絵にしてみれば、いくら浩介が近くに住んでいるからといって、洗濯まで世話にはなれないのだろう。汚れた下着を義弟に洗ってもらうわけにはいかないということだ。もちろん浩介は頼まれれば嫌とは言わないし、むしろ頼んでほしいくらいだが、それはあり得ないことだとわかっている。

「水曜日に前のより軽いギプスに替わったんです」

千絵がこの一週間の状態を母に説明しはじめた。それを機に浩介は、選《よ》り分けた果物を持って兄の病室に向かった。

兄はしっかりギプスで固定されて、ベッドに横たわったままだ。浩介が行くと看護師が点滴を替えているところで、終わるのを待ってから果物を渡した。渡すといっても寝たままなので、テーブルの下の扉を開けて、紙袋ごとしまっておいた。

しばらく兄と話し込んでから、母はまだいるだろうかと千絵の病室に戻って覗いてみると、ちょうど帰るところだった。一緒に病室を出てエレベーターに乗ると、母は久しぶりに浩介のアパートに寄っていくと言いだした。部屋はあまり片づけていないが、いまさら気にすることでもなかった。

案の定、アパートに着いて部屋を見回した母は、何か言いたげではあったが、特に咎《とが》め立てはしなかった。言っても無駄だと思っているのか、あるいは浩介がよく見舞ってくれることに感謝して黙っていたのかもしれない。

紅茶を入れてやり、ひと休みした後で、母は意外なことを言いだした。

「ついでだから、浩介のところで洗濯させてもらおうかね。千絵にまた頼まれたんだけど」

バッグの中がまたいっぱいになっているのは帰りしなに気づいていたが、まさか自分のところで洗濯していくとは思いもしなかった。

「えっ、……ああ、いいよ。洗濯機、ベランダにあるから」

浩介はベランダに出ていった母を見ながら期待に胸が騒いだ。ここで洗濯、脱水だけしておいて、わざわざ持って帰って干すなんてことはしないだろう。ベランダに干して帰るに違いない。あるいは、さっきからずいぶん風が強くなっているので、いずれにしても後のことは自分に任せて帰ってくれるかもしれないと考えたのだ。

——義姉さんの下着をここで干すのか。それをたたんで、僕が届けるんだ！

そうなると、千絵の下着を手に取ってじっくり観察することができる。洗う前のものでないのは残念だが、義姉がどんなパンティを身に着けるのか、見るだけでなく直接触れる幸運を期待して、浩介の胸は躍るように早鐘を打った。

一方、洗濯物を放り込んだ母は、何やら洗濯機を見つめたまま固まっている様子だ。どうしたのかと思っていると、浩介に助けを求めてきた。

「ボタンがいっぱいあって、よくわかんないんだけど、ちょっと教えてもらえないかい」

そういえば実家の洗濯機は少し古いタイプで、操作パネルの表示もシンプルだったと浩介は思い出した。彼のは新しくて便利な機能があるから、そのぶんボタンも多い。慣れない人が見ると一見複雑そうに感じるのはもっともだが、そのわりに操作自体は簡単なのだ。

浩介はやれやれと腰を上げて、ベランダに出ていった。母は洗剤の箱を手にしたまま突っ立っている。

「どうしたの。洗剤まだ入れてないの？」

「ボタンの意味がわかんないのよ。この〝洗剤半分〟ていうのは何なの？」

その時、ふと妙案が浮かび、浩介は小躍りしたくなった。顔がにやけそうになるのを押し隠すのに必死だ。

「わかんないのも無理ないよ、最新式だからね。おふくろには難しそうだから、僕がやってやる。いいよ、引っ込んでて」

「そうなの。じゃあ、お願いするよ」

洗剤を受け取った浩介は、部屋に戻る母を見てほくそ笑んだ。洗濯機の中を覗くと、パジャマやらタオルやらが重なっている。もう一度、母の様子を横目で窺《うかが》ってから素早く洗濯物をかき分けた。

――あった！

小さなパンティが何枚か混じっているのを見つけ、急いで抜き取った。母に気づかれてはまずいと慌てたため、三枚しか取れなかった。だが、それでも偉大な成果と言うべきだった。それをポケットにしまい込むと、何食わぬ顔でボタンを押し、洗剤を入れた。

室内を見ると、母はテーブルのカップを片づけていたが、不意にこちらを見上げて目が合った。だが、まったく気づいていないようなので、浩介はホッと安堵した。

それから、彼のアルバイトのことや家業のことなど、しばらく話をしてから、後は僕がやっておくと言って、何とか洗濯が終わる前に母を帰した。干してから帰ると言い出されたら、パンティがなくなっていることを気づかれる恐れもあったからだ。

駅まで送ってアパートに戻ると、浩介はポケットから戦利品をうやうやしく取り出した。片手で摑める小さな布切れは、白が二枚、ピンクが一枚だった。

「やったぜ!!」

浩介は胸の内でガッツポーズをしながら、それぞれを観察していった。ピンクのパンティは何の飾りもないシンプルなものだったが、白は一枚がウェストに、もう片方は前面にレースが施されていた。

前レースはV字形で、あまり派手ではないものの、ヘアは充分透けて見えるはずだ。それを身に着けた千絵の半裸を想像すると、むず痒い微電流を帯びて股間が膨らみはじめた。

義姉の性毛は濃いのか薄いのか——割れ目も隠せないほど薄いのもエロチックだが、端正な顔立ちと組み合わせるには、黒々と繁茂していた方が猥褻感をより高めるに違いない。浩介は勝手な想像をして、ペニスをますます硬くしていった。

洗濯前のパンティだから、興味の核心はもちろんクロッチ部分の内側にあるのだが、浩介はわざと自《じ》らを焦らして昂奮を高めていた。そして、宝箱の蓋を開ける気分で一枚、また一枚と広げては、下着の秘密の部分を検分していくのだった。

ピンクのパンティの股布は皺も汚れもなかったが、白はどちらも微かに黄ばんでいるのがわかった。ウェストレースの方が染みは大きいようで、よく見ると楕円形になっている。ここに秘肉が触れていたことを露骨に窺わせる形だった。

浩介はたまらずジーンズのボタンとジッパーを外し、きつくなった股間を緩めた。圧迫から解放されたペニスがトランクスを隆々と押し上げ、上から撫でると心地よい痺れが広がった。

そのままオナニーをしたくなるが、愉しみがまだ残っている。浩介は楕円形の染《し》みを鼻先に近づけ、嗅いでみた。

「ん、この匂い……」

塩気と酸味を合わせたような匂いが鼻を衝《つ》いた。汗が乾いた匂いに似ているが、饐《す》えかかった感じが独特だ。尿が滲《し》みただけでなく、女の分泌物が混じっている証《あかし》だった。

他のパンティも嗅いでみる。白のV字レースの匂いは、やや淡い感じがした。染みが小さいぶん、付着している量が少ないのかもしれない。ということは、ピンクはほとんど染みがないので期待薄だろう。

そうは思っても、一応は嗅いでみる。すると、

「うっ……何だこれ！　すげぇ！」

思いのほか強い淫臭に驚いた。完全に饐えきったような匂いは、他の二枚とは比較にならなかった。

浩介はそのクロッチ部分をまじまじと見つめた。すると、ピンクだから目立たなかっただけで、しっかり染みが付いているのがわかった。

もう一度鼻先にかざして深く息を吸い込むと、義姉の恥ずかしい匂いが脳髄にまで染み込んでいく気がした。端正な美貌からはとても想像することはできない。それだけに烈しい昂奮に突き上げられる。

ペニスは硬くいきり立ち、亀頭が張りつめてきた。浩介はたまらずトランクスを押し下げ、肉棒を握りしめた。片手でパンティを鼻に押しつけ、義姉の秘裂を思いながらしごきはじめた。

匂いだけでなく、舌でちろりとクロッチを舐めてみた。ほんのり塩味が感じられる

だけだったが、それでも千絵の肉裂に舌を伸ばした気分になり、同時に変態的な行為をしている自分に異様な昂りを覚えてしまう。

意識しなくても舌が布地を舐め擦るように動き、さながらクンニリングスのようになった。浩介の脳裡には、しなやかな脚を大きく開いた千絵が横たわり、その秘めやかな部分に顔を埋める自分がいた。悩ましい声を洩らす義姉に、彼は容赦ない舌戯で攻め立てる。

ペニスは怒張を極め、しだいに切羽詰《せっぱ》まった状態になっていった。浩介は白いパンティを手にして、亀頭を包み込んだ。

——どうせ後で洗うんだから、いいだろ……。

柔らかな布地の感触はトランクスとはまったく違い、それだけで甘やかな刺激をもたらした。しかも、千絵の秘肉に触れていたことを思うと、叫び声を上げたくなるほど狂おしい。一気に射精欲が高まって、肉棒のしごきに拍車がかかった。

浩介は荒くなった息をさらに深く吸い、ペニスを包む義姉の下着に白濁液を噴き上げた。痺れるような腰の震えとともに、幾度となく吐き出していく。亀頭が生温かい精液にまみれると、ぬめった摩擦感がさらに鮮烈な快感を生み出すのだった。

このパンティを洗って届ければ、義姉はこんなことをしたとも知らずに着用するだろう。そう考えると背筋がぞくぞく震えて止まらない。浩介は呆《ほう》けたように口を半開きにして、長く尾を曳《ひ》く余韻を味わった。

高校生の頃は千絵を想ってオナニーをして、いつも射精後に〝いけないことをした〟という意識に囚《とら》われたものだが、いまは罪悪感がかえって昂奮剤の役目を果たすようだった。ただ想像するのと違って、実際に彼女の下着を悪戯したことが、柵を越えて禁じられた領域に足を踏み入れた気にさせるのかもしれない。

それにしてもパンティでこれほど昂奮させられるとは意外だった。自分にフェティッシュな嗜好があるとは思っていなかったし、これまでも特にパンティに執着したことはないのだ。

浩介は二年生になって同じゼミを取った小須田里香と親しくなり、去年の秋から付き合っている。彼女はいつもミニスカートだから、時々パンティが見えてしまい、そのたびに股間がむずむず膨張したものだ。

だが、それは仲良くなりはじめた頃のことであって、性的な関係になってからはパンチラで昂ることはなくなった。付き合いはじめてから、特に二人で部屋にいる時などパンチラを目にすることが多いのに、いまは何も感じなくなっている。

クンニは好きだが、里香が脱いだパンティの匂いを嗅いだことはないし、嗅いでみたいと思ったこともない。なのに千絵の下着は、つぶさに観察して匂いも嗅ぎたいと最初から思っていた。そして、実際にこれほど昂奮させられた。

——義姉さんのパンティだから特別なんだろうか。それとも、もし義姉さんとセックスできたとしたら、やっぱりパンティに関心などなくなるのか……。

浩介はそんなことを考えながら、千絵の下着にべっとり付着した精液をティッシュで拭き取った。そして、後で自分のものと一緒に洗濯することにして、とりあえず洗い終わったものを干すことにした。

窓を開けてベランダに出ると、風はさらに強くなっていた。どうやら春一番のようで、断続的に突風となって吹きつける、まさに春の嵐だった。これでは洗濯物を外に出しておくわけにもいかない。

そう思って浩介は部屋の中で干すことにした。脱水したパジャマやタオルを取り出していくと、新たに二枚のパンティが現れた。淡いパープルとペパーミント・グリーンの可愛らしい色合いだった。浩介はそれを他のものと一緒にしないで、ベッドサイドにでも掛けておこうかと思った。

第二章　覗き見た熟れた乳房

　三日後、浩介は洗濯物を届けに病院へ行った。暖かい日が続いたが、さすがに一気に春が訪れるわけはなく、予報では明日からまた冷え込むということだった。

　いつものように笑顔で迎えてくれた千絵に、彼は洗濯物を入れたバッグを差し出した。

「なあに？」

「洗濯物。おふくろが届けておいてくれって」

「えっ？」

　浩介は怪訝《けげん》そうな義姉に、先日、見舞いの帰りに母がアパートに寄って洗濯していったことを、簡単に説明した。洗濯を干すのも自分がやったとは言わない。

　だが、家業が忙しい母が泊まっていったはずはないから、乾いた洗濯物を浩介がたたんだことは千絵もすぐ気づいたようだ。戸惑いの表情が、みるみる羞じらいに染まっていった。

――可愛い！

兄と同じ六つも年上の千絵が、初めて見せる表情だった。まるで少女のような含《がん》羞《しゅう》の面持《おもも》ちを見て、浩介は心がくすぐられる思いがした。

千絵は下着を見られたことを羞じらっているのだが、洗う前にじっくり観察されたことなど疑う余地もないはずだ。実際に義姉を前にすると、そのことがあらためて浩介の昂奮をかき立てた。あの時嗅いだ恥臭が甦《よみがえ》り、いまパジャマの下に穿いているパンティの匂いまで容易に想像される。

「ありがとう。でも、ごめんなさいね、そんなことまでしてもらって。何だか悪いわね」

千絵は平静を装い、あらたまって礼を言った。だが、声音《こわね》に落ち着かない風情《ふぜい》が感じられ、それがまた浩介を心地よく刺激する。か弱い小動物を手の中に抱くような、自身の優位性を強く意識させるのだ。

「いいよ、そんなことぐらい、どうってことないから」

浩介はわざと素っ気なく応えた。何ならこれからは洗濯も僕が、と言いたいところだが、義姉の下着に興味を示したと思われそうでやめた。実際には興味を示すどころではないのだが……。

それから浩介は、しばらく当たり障《さわ》りのない話をしてから、兄のところへ行くと言って腰を上げた。

「あ、待って。わたしも一緒に行きたいから」

千絵はおもむろに体を起こし、ギプスを両手で持ち上げてベッドから下ろした。傍《かたわ》らに立てた松葉杖を取り、ゆっくりと立ち上がる。

「気をつけてね」

「大丈夫よ。もう慣れたから」

浩介は手を貸してやりたい気持ちを抑えていた。義姉の身を案じてというより、支えてやることで彼女の体に触れたいという願望があるので、その疚《やま》しさが自制を促すようだった。千絵が松葉杖を使う時はいつもそうだ。

千絵はテーブルの上の果物ナイフを取って、浩介に預ける。先日、自分が買ってきた林檎を剝いてやるのだとわかり、嫉妬めいた気持ちが揺らめいた。

兄の病室はナースセンターとエレベーターを通り過ぎた反対側だが、千絵が松葉杖で行き来するのに大変な距離ではなかった。すれ違う看護師たちと挨拶しながら、二人で哲弘の病室に向かった。

兄のベッドは手前のドア側で、廊下から見える。兄は眠っているようだったが、二人がベッドに近づくと気がついた。

「おお、浩介も来たか」

「うん。どうだい、具合は？」

「ちょっとな、また痛くなったんで鎮痛剤をもらって飲んだ。いまはもう平気だけどな」

哲弘はギプスで固められた腰のあたりをさすりながら、あまり力のない笑みを洩らした。その様子だと、かなり痛みが出ていたに違いない。状態は少しずつ良くなっているものの、時折ぶり返す痛みに悩まされるらしい。回復に時間がかかるとわかっていても、ベッドの上で辛抱強く待つのは大変なことだろう。

「林檎、剝いてあげるわ。食べるでしょ？」

「ああ、そうだな」

兄は頷きながら浩介を見た。

「オレは蜜柑《みかん》でもあればそれで充分なんだけどさ、いつももっと果物を食べろって煩《うるさ》いんだよ」

口では面倒そうに言うが、表情は満更でもない。千絵も笑って聞き流している。浩介はそんな二人を見て、今度ははっきりとジェラシーを感じた。

「なあ、遠藤《えんどう》ってナースがいるだろう？」

兄は皮を剝く千絵に向き直った。

「遠藤？」

「ほら、ブルーのアイラインの人」

「ああ、あの人ね」

看護師で化粧のきつい人は少ないし、ブルーのアイラインは特徴的で目立つのだろう。もっとも、浩介にはどの人か心当たりがなかった。

「彼女、親戚の人がうちの会社にいるらしいよ。昨日、話をしてるうちにわかってさ」

「そうなの。その人のお名前、聞いた？」

「聞いたけど、わかんないよ。どこの部署だかも彼女は知らないって言うし。でも、本社にいるんだってさ」

「じゃあ、すれ違ってるかもね。意外と同じ会議に出てたりして」

「かもな」

浩介は自分が入れない会話を黙って聞いていた。世田谷のマンションに招かれ、仲の良さを見せつけられた時のせつない感覚に近いものがあった。

すると不意に、兄夫婦のセックスのことが脳裡に浮かんだ。兄が回復して退院するまで、いや退院してもしばらくはセックスができないだろうということだ。

それは本当に突然のことだったが、いったん思い浮かぶとなかなか頭から離れなかった。何カ月か夫と体を重ねることができない義姉の性を考えてしまうのだ。性欲を持て余すのではないか、自ら秘部に指を這わせたりもするだろうか、と。

考えているうちに、下着の匂いを嗅ぎ、舐めた時のあの昂りがぶり返してきた。股間がみるみる勃起していくのを抑えることができない。今度は千絵本人が目の前にいるだけに、よりリアルな想像が脳裡を駆け巡った。ズボンの中でペニスが窮屈になるのを、座った腰をもぞもぞ動かして堪《こら》える。

千絵は林檎を楊枝に刺して兄に手渡すと、その次に剝いたのを「浩介さんもどうぞ」と言って差し出した。受け取る時に千絵の指が触れた。瞬時に微電流が流れ、直接ペニスまで届いてぴくりと脈を打たせた。

頭の中が淫靡な彩《いろど》りをますます濃くしていく。義姉を見る目がいつも以上にいやらしくなってしまうのは、明らかに下着に悪戯をしたという既成事実が原因だった。

千絵はそんな義弟の視線に気づくこともなく、すぐにまた兄とのおしゃべりに戻った。今日一日分の会話を、いまここで一気にしてしまおうとでもいうかのようだ。松葉杖を使えばいつでも行き来できるが、同室の患者の手前、そう頻繁に来るのは憚《はばか》られるのかもしれない。

だが、浩介はもうジェラシーを感じていなかった。というよりも、さきほど感じた嫉妬が邪《よこしま》な思いを後押ししたようだった。

二人はそれからひとしきりおしゃべりをした。浩介も所々で話に加わったが、ほとんどは二人の会話だった。ようやく一段落したところで、浩介は売店で雑誌を何冊か買ってきてほしいと兄に頼まれた。

「退屈でしょうがないんだろ？」

「まあな。動けないんだから仕方ないさ」

「わかった。行ってくる」

「じゃあ、わたしもちょっと売店をのぞいて戻るわ。またね」

千絵も一緒に来るというので、またゆっくりした歩調に合わせ、エレベーターに向かった。売店は一階のロビーの端にある。

浩介が適当に雑誌を選んでいる間、千絵も店内を回って何やら見ていたが、買ったのはペットボトルのお茶だけだった。浩介は雑誌と一緒に千絵のレジ袋も持ってやった。

売店を出たところで、千絵がちょっと庭に出てみたいと言い出した。

「そのままで大丈夫？　何か上に掛けるもの取ってこようか？」

「たぶん平気でしょ、今日は特に天気がいいから。それに冬でも陽溜まりになって暖かいんですってよ」

「そうなんだ」

病院の玄関前のロータリーに向かって右手方向が芝生の庭になっていて、植え込みといくつかのベンチが設置してある。人も車も正門や駐車場のある左方向に流れるので、その一角は静かな感じだが、義姉も入ったことはないようだ。

浩介は松葉杖の義姉の横に並んで玄関の外に出た。すぐ右手に折れれば、そのまま庭に続いている。通路から芝生に入る途中に段差があり、注意してやるべきかと浩介が迷っているうちに、千絵が松葉杖の突き所を誤《あやま》った。

「きゃっ！」

千絵は悲鳴とともに松葉杖を手放してしまい、上半身が前のめりになってバランスを崩した。ギプスの左脚で踏み支えるわけにはいかなかった。

「危ない！」

浩介は目の前で倒れそうになる義姉を咄嗟に抱《かか》え込んだ。屈む千絵を後ろから抱きかかえる恰好だ。右手にレジ袋を持っていたため、義姉の上体の重みがほとんど左腕だけにかかっていた。

「義姉さん、大丈夫？」

「……」

危ういところで間に合ったが、千絵はパニックになりかけて声が出せないのか、返事をしなかった。抱える浩介のジャケットの袖を千切れるほど強く握りしめ、体を震わせている。

偶然の情況とはいえ、義姉を抱きかかえていることを浩介は強く意識した。スレンダーに見えて、意外に肉感的な重みを感じる。本当の抱擁だったらどんなに素晴らしいかと思う一方で、初めて自分の腕で義姉の肉体を感じたことに感動していた。

その時、浩介はふと、腕にかかる体の重みとは別に、柔らかな肉の感触に気がついた。腕で千絵のバストを押し潰すように抱え込んでいる、というよりバストが彼の腕から手首にかけて載っているような感じだった。

——触ってる……義姉さんのオッパイ……。

浩介の感動はさらにヒートアップした。信じられないような幸運に下半身が素直に反応して、ペニスがみるみる硬く膨張してしまった。

千絵はバストが触れていることにまだ気づいていないようだった。一瞬の恐怖感がそれだけ大きかったということだろう。

浩介は「もう大丈夫だよ」と、千絵の体の震えが治まるのを待ちながら、腕に触れるバストの感触に意識を集中した。病室を見舞うたびに義姉の胸元をこっそり窺い、ふくよかな乳房を脳裡に描いていたが、こうして実際に触れることができて、あらためてその量感に魅せられる思いがした。しかも、パジャマだけでブラジャーをしていないから、肉の柔らかさがもろに伝わってくる。

昂奮の材料はバストだけではなかった。硬く盛り上がった股間が、義姉のヒップに触れているのだ。ほんの軽い接触に過ぎないのに、それだけで尻肉の弾力感を味わうことができる。体勢はまるでバックから犯しているようでもあり、強く押しつけたい衝動を抑えるのに一苦労だった。

「……あ、ありがとう。ごめんなさいね、びっくりしちゃったわ……」

千絵はようやく声に出して言い、握りしめていた浩介の袖を放した。それでもまだ動悸が治まっていないのか、声は震え気味だ。

「よかったなあ、何事もなくて。とりあえず、あそこのベンチに座ろうか」

浩介は松葉杖を拾って渡し、空いているベンチまで千絵を連れていった。

彼女はベンチに腰を下ろすと、動悸が治まるように何度か深呼吸を繰り返した。浩介は隣りに座って背中を撫でてやる。それはいかにも自然な行為だったが、いまならこんなことをしても大丈夫だという計算が浩介にはあった。義姉はさっきから気持ちが無防備になっている。まるで隙だらけなのだ。

――やっぱり、思ったより肉づきがいいんだな。

浩介は千絵にぴったり寄り添って背中を撫でながら、その感触を密かに愉しんでいた。見た目の細さとは裏腹に、程良く肉が載っていて手触りが実に心地いいのだ。パジャマ一枚だけだと、直接肌に触れているような感覚を味わうことができる。

不意に甘ったるい肌の匂いが鼻先をかすめ、浩介の胸が弾かれたように高鳴った。それは初めて千絵を紹介された日、深夜の台所で感じた彼女の素肌の匂いだった。その後はコロンの香りしか感じられなくなり、もうどんな匂いだったかも忘れていたが、一瞬にして遠い記憶が甦《よみがえ》ったのは奇跡のようだ。とても懐かしいものに巡り会えたような、安堵にも似た昂りを覚えてしまう。

甘やかな匂いに誘われるように、浩介は義姉の頬からうなじへと視線を這わせた。

見るからにすべすべした肌につい触れてみたくなるが、それ以上の誘惑に駆られる光景が襟元にあった。パジャマの襟もとが、千絵の心に隙があるぶんだけ弛んでいて、乳房の裾野が露わになっているのだ。

——オッパイに触ってみたいな……。

さっきの義姉のバストの感触が腕に残っている。とりわけ手首のあたりの感覚が鮮明だった。それがかえって手のひらで触りたい、揉んでみたいという欲望を煽り立てるようだった。

すると、千絵が急にパジャマの胸元を押さえた。浩介は最も覗きやすい角度をキープしていたから、気づかれたと思って一瞬焦《あせ》った。

「まだドキドキしてる……」

彼女はただ胸の動悸を抑えようと手を当てただけだった。やや前屈みになって呼吸を落ち着かせようとしている。

気になって表情を窺おうとした瞬間、千絵が胸に当てていた手を離した。襟元がゆるりとたわんで、彼の目に白い乳房がもろに飛び込んできた。

——おっ!!

浩介は思わず声を洩らしそうになった。麗《うるわ》しいカーブを描く丘の頂上に、濃いピンクの乳首が載っているのが見えたのだ。乳暈は大きすぎることなく、綺麗なバランスで乳首を囲んでいる。

これまでにも何度か見えそうで見えない場面があって、期待ばかりが膨らんでいたが、ついに目《ま》の当たりにしたのだった。

見えるのは片方だけだったが、谷間のあたりまで捉えることができたので、見事な隆起が手に取るようだ。手首に残る感触と相俟《あいま》って、鷲摑みにする手触りまで想像できる光景だった。

浩介のペニスは再び勃起して、ズボンを力強く押し上げる。血流量が倍加したかのような圧迫感が心地よく、思わず腰をもぞもぞ揺り動かしていた。この場で握りしめたい衝動に、全身が痺れるような焦れったさを覚えてしまう。

異様に盛り上がった浩介の股間は一目瞭然の勃起状態だ。千絵は気づいていないのだが、一目でそれとわかる股間を見られたらどうなるだろう。そんなことを考えてみるだけで、昂奮はさらに高まるのだった。

「ありがとう。どうにか落ち着いたわ」

千絵はようやく平静に戻ったようだが、浩介のペニスは少しも落ち着く気配がない。

「すごくい暖かいわね。聞いてた通りだわ、カーディガンも要らないもの」

「本当だね。風の強い日でも、ここなら全然風が当たらないかも」

前は看護学校、隣は高層マンションで、三方を建物に囲われた芝生の庭は、風を遮って陽溜まりを作っている。浩介は何食わぬ顔で周りを見渡したが、股間が窮屈なのは相変わらずだった。

「ああ、あっちから回れば危なくなかったんだね」

やや遠回りをすれば、段差のないスロープ状態になっているようだ。付き添いの人に車椅子を押された患者が庭に入ってくるのを見て言うと、千絵もそちらに視線を向けた。

その隙にすかさず襟元に目をやる。千絵が向こうを見ている間は、あからさまに覗いても気づかれない。そう思って堂々と覗き込んだ。

乳首は隠れてしまったものの、今度は中央の谷間がすっかり見えていた。肌理《きめ》細かな双丘は見るからに柔らかそうで、深い谷底目がけて顔を突っ込んだらどんなに気持ちいいだろうと思う。両頬が柔媚な触感に挟まれるのを想像して、ペニスがぴくっと脈を打った。先端から粘液が洩れたようだった。

「明日から毎日ここに散歩に来ようかしら。ねえ、いいと思わない？　陽が出てたら最高よね、ここって」

「……そうだね」

いきなり千絵が振り向いて言うので、浩介は慌てて視線を戻してごまかした。気づかれはしなかったようだが、安堵する一方で、自分がこんなに性的欲求を抱いていることを知ってほしいという気持ちもあった。よく見舞いにきてくれる心やさしい義理の弟などではなく、自分を女として見ている一人の男だということに気づいてほしい……と。

「でも、リハビリが始まったら、そろそろ退院のめども立つだろうから、あまり長くはいないわね」

千絵のうれしそうな表情につられて浩介も笑ったが、退院という言葉が耳についた。彼にしてみれば、必ずしも喜ばしいこととは言い切れなかった。

明後日、ギプスが取れてリハビリが始まる予定だが、順調にいけば十日か二週間くらいで退院してもいいだろうと言われているそうだ。あとは日常の生活に戻って、自宅でリハビリを続けることになる。

世田谷と横浜の距離を考えると、そうそう哲弘の見舞いには来られないから、通院のついでになるだろう。そうなったら浩介は会える機会が激減してしまう。アルバイトのシフトの都合があるから、義姉の通院に合わせて兄を見舞うというわけにはいかないかもしれない。

「退院しても時々は通院するんでしょ？」

「そうね。でも、週一回くらいになると思うわ。なにしろ遠いから大変でしょ」

「まあ、そうだよね」

言いながら浩介は、やはりそうかと思う。そして、こうして会えるのは退院まであと何回くらいだろうと、考えたりもした。

浩介は千絵を病室まで送り、兄のところに戻って買った雑誌を渡してから病院を後にした。玄関の外で携帯電話の電源を入れると、留守電に録音があった。里香からだった。
《もしもし、里香です。今日のバイト、向こうの都合で明日に変更になったんで、お見舞い終わったら来ない？　美味しいもの作るから。とりあえず電話待ってるね》
小須田里香は家庭教師のアルバイトをしている。相手は中学二年生の女の子で、性格が素直なのでやりやすいと言うが、しばしば予定を変更されることがある。ほとんどの場合、親が娘を連れて出かけることになったという理由らしい。
それでも里香は、バイト料がいいので文句は言わないと笑っている。確かに浩介のコンビニのバイトに較べたら破格だった。

里香に電話をしてこれから行くと言うと、いくつか食材の買い物を頼まれた。浩介は駅に向かいながら、ついでにケーキを買っていくことにした。

買い物をすませて里香のワンルームマンションに行くと、彼女はすでに料理の準備を始めていた。デニムのミニスカートにライムグリーンのエプロンをしている。ショートヘアの里香は一見ボーイッシュに思えるが、すらりと伸びた脚はミニスカートが似合ってセクシーだし、エプロン姿には若妻をイメージさせる可愛らしさがある。

「今日はなにが食べられるのかな」

期待を込めてメニューを訊くと、簡単なパスタと肉料理で、彼が頼まれた野菜や茸類はサラダに使うのだと言う。

「パスタって、ペペロンチーノ？」

「正解。肉はチキンの香草焼きだよ。もうちょっと待っててね」

「ほーい」

里香は料理を作るのが好きで、だいたいが洋食、特にイタリアン系が多い。義姉が和食中心なのとは対照的だ。あまり凝ったものは作らないが、二十歳の学生にしてはレパートリーがずいぶん多いと浩介は感心している。

料理以外にも彼女の趣味はいろいろあって、とりわけ美術や演劇に対する興味が大きい。彼女に誘われてゼミの仲間たちと美術館を巡ったり、観劇に付き合ったりするうちに、いつの間にか二人の交際が始まっていた。

浩介は中学・高校とテニスに明け暮れていたから、里香の趣味に付き合うのは新鮮な愉しみがあった。しかも、活動的な割には性格が奔放というわけでもなく、いたって真面目なところが好ましい。

浩介は好きになった理由など考えたことはないが、ごく自然に付き合いはじめていたのだから、相性がいいというのは間違いなかった。それは実感として強く思うことだった。

テレビを見ながら、時々手伝いもしつつ待っていると、ほどなくテーブルに料理が並べられた。浩介はスーパーで買ったミニボトルのワインを開けた。

「麻由子《まゆこ》ちゃん、今日はピアノコンサートですって」

「何それ？」

「ご両親が二人で行くつもりだったんだけど、お父さんが急に仕事で行けなくなったんで、代わりに麻由子ちゃんが連れ出されたってわけ。きっとバカ高いチケットなのよ」

「なるほどね。それで明日に変更ってことか」

里香のバイトが変更になったお陰で、思わぬ晩餐に迎えられた浩介は、彼女の話に相槌《あいづち》を打ちながら目の前の皿を綺麗に平らげていった。

食後はひと休みしてから、浩介が食器を全部洗った。それから紅茶を入れると、肩を並べてベッドに寄りかかり、テレビを見ながらケーキを食べた。二つのケーキはどちらかを選んでも、結局いつものように半分ずつになった。

「で、お兄さんたちの具合はどうなの？」

「ああ、まあ、兄貴はあまり変わんないみたいだな。千絵さんは明後日、ギプスが取れてリハビリが始まるって」

「そうなの。よかったじゃない」

「うん。順調に回復してるみたいだ」

口ではそう言いながら、義姉の退院がそう遠くないことを思うと素直に頷けない自分を感じてしまう。

「リハビリって、どんなことやるのかな。松葉杖なしで歩く練習？」

「どうだろう。詳しいことはわかんない」

浩介はリハビリの内容になど興味はないから尋ねなかった。そのことよりも、里香が義姉の話を続けるせいで、病院の庭で触れたバストの感触や盗み見た乳首を思い出し、あの時の昂奮まで甦ってくるようだった。

里香に悟られるはずもないのに、本能的にごまかそうという意識が働いたのか、浩介は並んで座る彼女の脚に手をやった。

「ギプス取った後って、筋肉が落ちて脚も細くなってるって言うよな」

「何よ、まさかわたしに、ギプスした方がいいって言うんじゃないでしょうね」

いきなり触られた里香の声は、やや緊張気味だ。浩介はそういうつもりで触ったわけではなく、膝の少し上あたりを摑んだだけだったが、その先の行為を彼女が考えたのだと気づき、成り行きに任せて脚を撫でさすった。

「そんなことないって。べつに里香の脚は太くなんかないじゃん」

膝の上からスカートの裾あたりまで上下に往復させる。ミニ丈だから太腿まで届き、内腿の柔肉を指先で掃いていった。里香は途端に無口になって俯いた。始める時の反応はいつも同じだ。

彼女は真面目な性格のせいなのか、性的にはずいぶん晩生《おくて》だった。昨年の秋に初体験をして、最近ようやく性行為に慣れてきたところだ。それでも感じて乱れる自分がどうにも恥ずかしいらしい。そのため、これからセックスするのだと意識した途端、自ら羞恥を煽ってしまうところがある。

実は浩介も彼女と付き合うまで童貞だったのだが、そもそも性的な関心の度合いが違うから、体験してさらなる探求心が芽生え、すっかり彼女をリードする立場になっている。そのぶん、経験が浅いわりに余裕を持てる状態にあった。

「ほら、これくらいがちょうどいい感じだよ」

撫で上げる位置を少しずつずらし、スカートの中を窺った。触感がさらに和らいで、もうすぐパンティに届くというところまで行くと、俯く里香の頭がいっそう深く傾いた。

小指の先が布地に触れ、里香の肩が微かに揺らいだ。吐息を洩らしたようだった。布地の感触は薄く、その下のざらつきが微かに伝わってくる。

浩介は小指と薬指だけで縦に軽く擦《こす》った。わざとゆっくり指を動かすと、いじられていることに意識が集中して、里香はより羞恥を煽られやすい。浩介が自然に覚えた焦《じ》らし方だ。

縦方向の動きに円運動を交えながら、ざらつきの途絶えるあたりまで下がっていくと、里香の肩の揺らぎが大きくなった。

浩介はいったん指を退《ひ》いて再び太腿を撫で回した。里香の肩の動きが止まり、彼の手を見つめる気配が感じられる。そこで彼は、下着の寸前まで行っては退き戻すという焦らしを繰り返した。

里香の吐息がしだいに荒くなるのを見届けながら、タイミングを測って再度パンティに触れた。今度は中指も加えてやや強くさすってみる。布地のたわみと一緒に秘肉が捩《ねじ》れたかと思うと、里香が彼の袖を強く摑んできた。

——もう感じてる。

浩介は肉の裂け目を意識しながら、止めたり動かしたりと断続的に指を使った。それにつれて袖を摑む里香の手にますます力が入り、荒い息づかいが声を抑えた喘ぎに変わっていった。

やがて指先で湿り気を感じ取れるようになると、秘肉の感触もいっそう軟化して、割れ目の手触りがよりはっきりしてきた。

里香は彼の腕にしがみつくように頬を押しつけ、声が洩れそうになるのを懸命に抑えているようだった。その仕種が可愛くて、浩介はかえって意地悪な気持ちになってしまう。

——このぶんだと、中はびしょびしょだな……。

指先を割れ目に押し込むようにして揉み回すと、花蜜が溢れて薄い布地にじわっと拡がるのがわかった。案の定、秘裂の内側は相当ぬかるんでいたようだ。

浩介はわざと下着がびしょ濡れになるように揉み込んでいった。もちろん里香を恥ずかしがらせるためだ。彼女もそれに気がついて、しがみつく手にいっそう力を込めて身悶える。

だが、そんなことはお構いなしだ。パンティがべっとり濡れるまで指弄を続けると、里香の手が諦めたように弱まった。あるいは、気持ちよすぎて力が抜けてしまったのかもしれない。

浩介はそろそろ頃合いだと思い、パンティのゴムをずらして指を差し入れた。熱く潤んだ花びらがそれを待っていた。

「はあっ……あっ……」

里香の肩が大きく波を打ち、あえかな吐息が喘ぎに変わった。すでに口を開いている花びらを撫でさすり、小さな芽にも触れてみる。すると、里香の腰がびくっと揺らいで、さらに喘ぎ声が高まった。

浩介はパンティに指を差し入れたまま、上体を捻って里香の方を向いた。もう片方の手を頬にやって上向かせ、くちびるを近づける。里香は目を閉じてくちびるを押しつけてきた。濡れた秘部をいじり回される恥ずかしさを忘れたい、とでもいうような力強さがあった。

最初は触れるだけのやさしいキスをして、それから舌を差し出した。舌先が触れると、里香の小ぶりで柔らかなくちびるが開いていく。前歯も軽く触れただけで自然に開いた。初めの頃は、舌で強く押すようにしないと前歯を開けてくれなかったが、やはりキスは秘部を嬲られるほどには羞恥心が伴わないのか、慣れるのは早かった。

彼女の甘い吐息を感じながら、ゆっくり舌を差し入れていく。可憐《かれん》な舌がそれを迎え、ぐるりと円を描いてやると控えめに絡んできた。

そこで浩介は、動きを止めていた指を再び蠢《うごめ》かせた。敏感な肉芽を軽くこねてから溝を下降し、溢れる蜜壺へにゅるりと潜り込ませた。

途端に里香が肩をすくめる。だが、くちびるは預けたままだ。吐息がいっそう深くなって、快感をありのままに表している。息の甘みがさらに濃くなった気がした。

濡れた粘膜をさぐっていくと、里香は体を震わせ、しだいにずるずる崩れていく。体を捻ってくちびるを重ねている浩介も、姿勢が崩れてしだいに苦しくなる。

「ベッドに上がろう」

くちびるを離すと、里香はこくんと恥ずかしそうに頷いた。そして、髪を撫でながらベッドに上がった。

浩介は彼女が横になる前にニットシャツを脱がしていった。下から現れたピンクのブラジャーは、ストレッチレースのカップがずいぶん浅く、乳房のほとんど上半分と谷間が露わになっている。初めて目にするブラではないが、何やらいままでと違ったものに見えるのは、その露出した双丘の谷間が、病院で覗き見た義姉の乳房を思い出させるからかもしれない。

くちびるを重ねると、里香はそのまま後ろに体を倒して仰向けになった。浩介はディープキスを再開し、同時にCカップのバストを揉み回していった。円を描きながらむにむに揉んでやると、レースのざらついた手触りの下で柔らかな肉が弾むようにうねった。

「んんっ……」

重ねた里香のくちびるから、くぐもった声が洩れた。いくら舌を蠢かせても、里香の方は反応しない。ただ喘ぐばかりだ。浩介はバスト愛撫に強弱の変化を織り交ぜていった。

里香は熱い息を吐きながら喘ぎ続けている。バストを下から搾り上げるようにして、中心付近を人差し指で擦った。乳首を巧く捉えたようで、里香の喘ぎがさらに高まり、鼻にかかった甘い声に変わった。

再び揉み回しながら乳首を狙った指弄を繰り返すうちに、しだいにしこってくるのがブラ越しにも感じられた。なおも重点的に攻め続けると、里香の体は右に左に大きな波のようにうねりだした。

「ああん、んっ……んんんっ……」

「乳首、立ってきたね。ほら、こんなになってる」

「いやぁ……あああんっ！」

わざと羞恥を煽るように言うと、里香はせつなそうに悶えて顔を背《そむ》けた。浩介はブラのストラップを両肩から外し、カップをめくり下ろした。乳房が全貌を現し、鮮やかなピンクをした乳首が尖り立っていた。

それを目にした途端、またもや覗き見た義姉の乳房を思い出してしまった。乳首も乳暈《にゅううん》もほぼ同じ大きさで、違うのは乳首の色が千絵より淡いのと、乳房そのものがやや小ぶりなことだった。

浩介は生の乳房を揉みながら、奇妙な感覚に囚《とら》われていた。義姉の乳房を揉んでいるような錯覚を覚えてしまうのだ。慣れ親しんだ手触りは紛れもなく里香のものなのに、脳裡には病院の庭で見た千絵の乳房が浮かんで離れない。しかも、腕に触れた感触まで甦ってくるようで、里香の胸を揉んでいるという実感が少しずつ希薄になっていくのだ。

——義姉さん……。

浩介は胸の内で呼びかけていた。すると、ふつふつと湧き上がる義姉への劣情を抑えられなくなってくる。

——こうやって揉んでみたい……義姉さんのオッパイ、しゃぶってみたい……。

尖った小さな果実を口に含んでみた。こりっとした感触が里香の快感を表していて、舐め転がすとさらにしこりを増してぷるぷる躍る。

「いやぁん、感じちゃう……」

里香は思わず声を上げてしまい、自ら羞恥を煽って身悶えした。浩介は乳房の麓《ふもと》をやわやわと揉みながら、乳首を舐めたり吸ったり、あるいは甘咬みをしたりして攻め続けた。義姉へのかなわぬ欲望を持て余すうちに、いつもより熱の籠もった愛撫になっていくのだった。

浩介はたっぷり時間をかけた愛撫をしてからブラを取り去り、スカートとパンティを脱がせにかかった。里香はいつものような、裸にされる時の羞じらいをほとんど見せなかった。浩介の執拗な愛撫によって、羞じらう余地もないほど官能に蕩《とろ》けてしまったようだった。

脱力したような状態で、瑞々《みずみず》しい乳房と淡い性毛をさらけ出した里香は、浩介の手が秘めやかな肉に触れた途端、びくっと体を震わせた。

「あんっ！」

そこはしとどに溢れ返っていて、ぬるっと滑らせた指が敏感な肉芽を掃いたのだった。花蜜をすくい取ってもう一度さすると、里香は甲高い声を発して大きくのけ反った。

入念な愛撫をしたせいか蜜の量がいつになく多く、花びらをこねる浩介の指までべっとり濡れてしまった。そこまで溢れさせていることを、里香自身も気づいているようで、恥ずかしそうに顔を横に逸らし、枕の端を摑んで必死に声を出すまいと耐えている。だが、くちびるから甘い喘ぎが洩れてしまうのを抑えることができない。

浩介は蜜孔の中も指でさぐり回し、わざと淫靡な濡れ音をさせてやった。里香の腰が波を打ちはじめたが、勝手に動いてしまって、彼女自身はそれを止められないようだった。喘ぎがさらに大きくなると、里香は摑んだ枕の端を咥えて声を押し殺した。

窮屈になって悲鳴を上げるペニスを解放してやることにした。里香の秘部をこねながらズボンを脱ぎ、トランクスも取り去る。硬く反り返った肉茎が下腹に添って聳《そび》え、すでに粘液が鈴口を湿らせていた。

喘ぎ続ける里香は、それを目にする余裕もない。浩介は彼女の空いている手を取って握らせた。

節くれ立つ肉茎に触れた里香は、背けていた顔をこちらに向けて、手にしたモノを見た。その途端、再び顔を逸らして目を閉じた。いまもってそうなのだが、羞じらいが邪魔をして、ペニスをまじまじと見ることができないのだ。

——義姉さんはどうなんだろう。自分から握ってきたりするんだろうか。もしかしたら……。

端正な容貌からは思いもつかないほど、本性はとても淫らだという可能性もあるのではないか。美貌の義姉がいやらしいことを積極的にしてくれる姿を思い浮かべると、ペニスはさらに硬度を増して反り返った。

さっきから義姉のことが頭から離れない。目の前の里香に対して罪悪感のようなものを覚えたりもするが、いけないことだと思うとかえって昂りが増してしまう。千絵の下着に悪戯した時もそうだったが、罪の意識が昂奮を煽っているのは明らかだった。

里香は顔を横向けているが、それでいて握らされた手は浩介が放してもそのままにしている。むしろ、目を閉じているぶんだけ、手指に神経を集中しているのかもしれない。

浩介はペニスをぴくっと力ませて、里香の片脚を跨《また》いで正面で向き合った。里香はペニスから手を離し、相変わらず顔を横に向けたままだ。

ペニスを握りながら覆い被《かぶ》さって、先端で里香の位置をさぐっていく。亀頭が秘孔に触れた瞬間、里香のくちびるがわずかに開いた。いよいよ挿入とわかって気持ちが先に走ったのだろう。腰を押し出して亀頭が埋まりはじめると、声を殺したまま口を〝あ〟の形に開き、喉を晒してのけ反った。

浩介はゆっくりだが一息に奥まで侵入していった。濡れそぼつ粘膜に締めつけられ、心地よい痺れが下腹に拡がる。すかさず引き戻して再び突き入れると、さらに強い緊縮感がペニスを襲った。

「うっ……」

思わず呻きを洩らしてしまった。浩介はいつにない感覚に新鮮な驚きを覚えていた。そのまま抽送を続けても、強い締めつけがくいっ、くいっと断続的に起こるのだ。

これまでも挿入中に肉襞がひくひく蠢くのを感じることはあった。だが、これほど強力な緊縮感を味わったことはない。知らないうちに里香の体を開発していたのかもしれないと思うと、何やら誇らしくもあった。

だがその一方で、義姉の秘肉はどんな感じなのだろうかと思わずにはいられなかった。偶然触れることができ、覗き見たりもした乳房と違い、千絵の秘部は想像の域を出ない。色も形も感触も、すべてが未知の領域にあった。

もっとも、下着で間接的には触れているわけで、端正な顔立ちとはギャップが大き過ぎるあの淫臭が、想像を逞しくするきっかけにもなる。秘穴が妖しく蠢いて、さぞかし熟れた肉襞を味わわせてくれるに違いない。

実際にペニスを締めつけているのは里香なのに、義姉の未知の感触を思いながら腰を使うと、本当にそんな気分になってくるから不思議だ。浩介は胸の内で二人の女を交錯させながら、しだいにストロークを速めていった。

「あはん、いやぁ……あっ、あっ……んんんっ！」

里香の声がひときわ甲高《かんだか》く響いたかと思うと、弓なり状態になって腰がびくびくっと波打った。それとともに、肉棒が根元から食いちぎられそうな収縮に襲われた。

「ううっ……！」

浩介は思わず呻いてしまい、腰使いが鈍った。ほんの一瞬で、射精が間近に迫ったのだ。

いったん抽送を止めると、小刻みな蠕動《ぜんどう》に変わった肉襞の微妙な動きがよく伝わってきた。ペニスをぴったり包んで細かく震え、時折、強い緊縮を見せる。

里香は自分の体のそんな反応に気づいているのかいないのか、蕩《とろ》けた眼差しが宙を彷徨《さまよ》っている。腰や太腿も痙攣するように小さく跳ねる。オーガズムが余韻を引いているのは間違いないが、イッた瞬間の反応は思いのほか大きかった。

浩介は切迫感が弱まるのを待ってから、再び腰を動かした。

「いやぁ、ダメダメッ……ああん、どうしよう……」

ゆっくりしたストロークで始めたものの、里香が全身を大きくくねらせると、浩介もまた激しい突き込みに変わってしまう。小休止した効果はあまりなく、すぐにまた射精欲が高まってきた。

「今日は、まだ大丈夫だったよね？」

確かまだ安全日だったと思うが、念のために訊いてみた。すると里香は、頷くのもままならない風情《ふぜい》で乱れている。浩介は迫り来る射精の瞬間に向かい、ピッチを速めた。

「そろそろイクよ……里香……」

「ああん、いっ……いっ……あう……あうっ……」

里香は譫言《うわごと》のように喘ぎながら、首を右に左に振り乱した。快楽に翻弄されて、もう声を押し殺す余裕はなくなっている。

浩介も射精をコントロールできる状態ではなかった。勝手に加速してしまうストロークで、最後まで突き進むだけだった。

「イクよ、里香……イクぞ……おおっ！」

下腹でスパークした電流が、一気に全身を駆け巡る。浩介は激しくベッドを揺らしながら、立て続けに襲ってくる快感に任せて、里香の秘穴に大量の精液を注ぎ込んだ。

里香はシーツを強く握りしめ、上体を弓なりに大きく反らせた。背中がベッドから完全に浮いてしまい、頭部で体を支える状態になった。快楽の深さがはっきり表れているが、里香がこれほどの反応を見せるのは初めてだった。

すべてを吐き出した浩介は、彼女の傍らに倒れ込んだ。荒い息を整えながら、ゆっくり退いていく余韻を味わっていた。

里香もしばらくは放心の体《てい》だったが、ふと彼の横顔に視線を向けてきた。浩介は何やらジッと見つめられているのを感じて尋ねた。

「ん、どうした？」

すると里香は、何でもないと首を振り、恥ずかしそうに目を逸らせた。その仕種が可愛くて、思わず彼女の方に手が伸びた。髪や頬をそっと撫でてやると、里香は彼の肩に顔を埋めてきた。流れる時間が急にゆっくりになった。

その時、不意に千絵の顔が脳裡に甦った。見舞いに行った浩介を迎える時の、やさしい笑顔だった。どうして急にそんな表情が思い浮かんだのかはわからない。考えてみたところで無駄なことだと諦めて、里香の頬にくちづけをした。

第三章　淫蜜に濡れた女芯

　ここ二、三日、春らしい日が続いていて、桜の開花情報によれば、関東地方もちらほら咲きはじめているようだ。

　今日、千絵が退院することになっていて、浩介は付き添うために早起きして病院に向かった。両親から、店の仕事で行けないからよろしく頼むと言われていた。

　義姉が言っていた通り、退院後は週に一回通院することになったそうだ。本当は二回の方がいいらしいが、やはり自宅から遠いのでそういうことになったのだ。

　——いよいよ退院か……。

　浩介はすっかり見慣れた病院の建物を仰いでため息をついた。これからは、兄の見舞いに来ても、どこか違ったものに見えるような気がする。見舞いに通ったこの一カ月あまりが、彼にとってそれだけ特別な時間だったということだ。

長い間、心の奥にしまってきた千絵に対する憧憬や思慕が、一気に頭を擡《もた》げて自身でも制御が難しいほど高まってきた。しかもそれは、はっきりと肉欲を伴うものになっている。

そんな気持ちを抱いていることは、里香にも兄にも、誰にも知られてはならないが、千絵を前にした時は抑えるのが容易でなかった。もちろん、病院内では何ができるわけでもないが、かえってそれが思いを膨らませる結果になったのかもしれない。

義姉が退院して、この気持ちがどうなるのかはわからない。自然と元の状態に戻っていくかもしれないし、どうにもならないまま燻《くすぶ》り続けるかもしれない。だが、そのどちらも自分は望んでいないと思う。

――では、何が望みなのか？

それを考えると、浩介は空恐ろしくなってしまう。いつものように、気持ちに蓋をして病院の玄関を潜《くぐ》った。

病室に行くと、マットレスだけになったベッドの上にバッグが二つ載っていて、義姉の姿が見えなかった。

「あら、旦那さんのところに行ってくるって、さっき出ていったわよ」

同室の中年女性が教えてくれた。支度だけしておいて、浩介が来るまで一緒にいるつもりなのだろう。婦人に礼を言って、浩介はその場を離れた。

兄の病室に行くと、千絵はベッドの傍らに座ってにこやかに話をしていたが、彼が入ってくるのに気づいて腰を上げた。

「浩介くん。わざわざ、ありがとう」

座っていたパイプ椅子を譲り、自分は奥に詰めて立つ。

「ボクはいいから、座ってて」

脚のことを気遣って椅子を遠慮すると、千絵はまた座り直した。ボートネックのニットに春物のジャケット、ストレッチパンツという服装が、パジャマ姿を見慣れてしまった目に新鮮に映った。

哲弘はベッドの背をほんの少しだけ起こしていた。新聞を広げながら千絵と話していたようだ。

「悪いな、浩介。よろしく頼んだぞ」

「ああ。大丈夫だよ、家までちゃんと送るから」

哲弘もこのところずいぶん回復してきて、今日も顔色がいい。だが、良くなればなったで、途端に入院生活が退屈に思えてきたらしい。しきりに「オレも早く退院したい」と言い出すようになった。

もちろん、哲弘の方はまだまだ退院というわけにはいかない。骨折部位がようやく治癒するかどうかという段階で、その後のリハビリも千絵よりずっと長くかかるのだ。

「浩介、頼みがあるんだけど、家にある仕事関係のもので、ちょっと手元にほしいものがあるんで、今日、千絵を送ったら帰りに預かってもらえないか」

マンションに帰ったら、千絵がさがして用意してくれる手はずだという。

「次に来る時に持ってきてくれればいいからさ」

「うん。わかった」

浩介が了解すると、兄は「場所、わかるよな」と千絵に念を押した。彼女は当然といった表情で頷く。

それから、先週、見舞いに来てくれた父母と話したことを兄が話題にした。両親は浩介がよく見舞ってくれることに感謝しているようだが、たまには千葉の家に帰ってきてほしいようだ。

確かに兄たちが入院したこともあって、正月以来帰っていなかった。アルバイトの合間に見舞っているのだから仕方ないとも言えるが、父とは事故の日にこの病院で顔を合わせたきりになっている。

「わかったよ。暇を見て帰るようにするよ。今度来たらそう言っておいて」

「そうしてやれ。二人だけになっちゃって淋しいんだろうから」

それからほどなく、千絵に付き添って病院を後にした。浩介が二つのバッグを持ってやり、千絵は杖を使って駅までゆっくり歩いた。膝の関節がまだ途中までしか曲がらないが、杖さえあれば歩くのに問題はなさそうだった。

それでも浩介は、何かあればすぐに補助してやるつもりで、身構えるように付き添っていった。バッグを肩に掛け、もう一つは手で提げて、常に片手を空けておくようにした。

駅に着くと、千絵はエレベーターを使わずに階段を上ってみると言いだした。大丈夫だろうかと思ったが、千絵を支えてやるチャンスでもあるので黙っていた。

浩介はバッグを落とさないように注意しながら、千絵の腕を支えて階段を昇った。二の腕を軽く持ってやったのだが、できるだけ自然な感じを心がけたのは、一度やってしまえば、いつでも違和感なく支えてやれるという計算があったからだ。

電車は思ったより空《す》いていて、特に優先席を選ぶ必要もなかった。座席に腰を下ろした千絵は、久しぶりに電車に乗れたことがうれしいのか、シートを撫でながら座り心地を確かめていた。まるで幼い子供のようだと浩介は思った。

自宅でリハビリのメニューをこなし、あまり支障なく動けるようになったら、早く会社に出たいと千絵は言った。家にいても退屈なだけだし、仕事に復帰することが早く治すことにも結びつくという考えからだ。

「でも、半年くらい経ったら、留めている金属を取るのにまた手術しなければいけないの」

「また入院するんだ」

「そうだけど、その時の手術はあまり大変じゃないみたいよ。金具を抜くだけだし、切り口もずいぶん小さくできるんですって。いま、こういうふうに金属で固定してるでしょ……」

それを四カ所小さく切って、こんなふうに抜くらしいと説明してくれる。浩介は思わず彼女の膝に手を伸ばしていた。

「どこ？　ちょっと触ってもいい？」

「ええ、いいわよ」

千絵は特に躊躇《ためら》いも見せずに応諾した。膝の皿全体をそっと触ってみると、彼女が示した位置に細い金具の感触があった。

「ほんとだ。これか……」

浩介は指先で硬く浮き出た感触を辿《たど》っていった。縦に並行して二本、それを留めるようにクロスして二本、計四本の金具で固定されているのがわかる。

「ああ、斜めにも通ってるんだ……なるほど、こうやって固定してるのか。触っても全然痛くない？」

周りの乗客の目を気にした浩介は、怪我の具合を気遣うふうに、聞こえよがしに言った。実際はただ義姉の脚を触っていたいだけで、こうして公衆の面前で堂々と触れる幸運に感謝したい気分だ。

「大丈夫よ。曲げると途中で痛くなるけど、触るだけならなんともないの。そうでなければ、退院なんてできないでしょ」

「それもそうだね」

浩介はもう一度、膝頭全体を撫で回してから手を離した。もっと触っていたいが、あまりしつこくして義姉に変に思われるのは避けたかった。

マンションの最寄り駅まで、二回乗り継ぎをした。浩介はその都度、義姉の腕を支えたり、肩に手を添えてやったりした。特に階段の昇り降りは慎重になるため、義姉に触れていられる時間が長い。たったそれだけのことでも、浩介にとっては密かな愉しみで、胸が高鳴ってしまう。

前から抱いていた千絵に対する憧憬は、彼女が入院している間、もっと具体的に言えば、彼女のパンティを手にした日からはっきりと肉体的な欲望へと転化していた。もうオナニーの材料だけでは満足できなくなったのだ。

だからといって、血の繋がりはなくても〝姉〟である以上、自分がアプローチすることは許されない。その現実が欲望を狂おしく高めてしまうことになった。

浩介は道々、義姉の体に触れる愉しみとともに、許されない現実に行きづまり感を覚えざるをえなかった。

「ようやく着いたわ。浩介くん、ありがとう」

「お疲れ様。けっこう大変だったね」

自宅に到着して玄関のドアを開けると、千絵は息をついて腰を下ろした。タクシーだと料金が心配だからといって電車にしたのだが、やはり疲れてしまったようだ。病院でのリハビリに較べたら、歩く距離が違うのだから仕方ない。

浩介はさっさと上がり込んで、運んできたバッグをリビングに置いた。玄関に戻ってみると、義姉は左脚を伸ばして座ったまま立ち上がる気配も見せなかった。その無防備な背中が、ふと浩介の胸を疼かせた。

「そんなとこより、ソファに座った方が楽だよ。ほら義姉さん、立って」

千絵の両腕の間に手を差し入れて、抱《かか》え上げるように立たせせた。それはちょうど羽《は》交《が》い締めの恰好で、大胆なやり方だったが、駅で何度も彼女の体に触れたことが躊躇《ためら》いを抑え込んだようだ。

浩介の鼻先を千絵の髪がかすめ、甘い香りとともに心をくすぐった。リビングに連れていくつもりが、背後から抱いたまま、その場で固まってしまった。

「あの……浩介くん……」

千絵が戸惑い気味に言った。いつまでも離れない義弟を不審に思いはじめたのだ。何事もなかったことにするなら、この時が唯一の機会だったのかもしれない。浩介の胸は昂っていたが、一方では意外に冷静な部分も残っていて、いま自分が許されない領域に足を踏み入れようとしていることを理解していたのだ。

義姉の下着で悪戯した時もそんなふうに感じたが、明らかに違うのは、自分一人ではなく、義姉本人を相手にしていることだった。

「もう立ったから……離してちょうだい」

落ち着いて言ったつもりだろうが、千絵の声は少しうわずっていた。浩介の息もかすれ気味だ。羽交い締めの恰好から腕を下げたが、離れるのではなく、そのまま前に回して抱きしめた。

それはまさに抱擁だったから、千絵の体の肉づきや柔らかさを、病院の庭で抱きかかえた時よりもさらに実感できた。やはり見た目がスマートなわりにはずいぶん肉感的な体をしている。

——義姉さん……。

喉のずっと奥深いところから熱い塊が迫《せ》り上がってきた。眼球の周りまで熱を帯びて、鼻奥がツンとなる。長い間、抑えてきた思いが、一気に噴き出してくるのを浩介は感じていた。

「ねえ、浩介くん。もう離してちょうだい」

千絵の声は幾分慌てたように聞こえる。そのぶんだけ、浩介の方は冷静になれるようだった。冷静というより、したたかと言い換えた方がいいかもしれない。

浩介は千絵の腹部に腕を回していたが、彼女はバストを護《まも》るように肘でブロックしようとする。警戒したのか、本能的なものかはわからない。

「義姉さん、お願いだから、もう少しこのままでいて」

「このままって……どういうことなの。何を考えているの？」

「何でもいいじゃないか。こうしていたいだけだよ」

「だけって、浩介くん……」

義姉は電車で帰ってきて疲れているし、何より膝がまだ自由にはならない。強く抗《あらが》えるはずもないのはわかっている。

浩介は千絵の髪に鼻先を埋め、深く息を吸い込んだ。馥郁《ふくいく》とした甘い香りが全身に染み込んでくるようで、言い知れぬ愉悦を感じた。熱い血流がじわじわ股間に集まって、ペニスが膨張を始めていた。千絵のヒップに接触すると、さらに心地よい触感が加わる。

「ちょっと、変だわ。浩介くん、どうかしてるわよ。ねえ、離して」

「だめだよ。だって……」

「だって、何よ？」

浩介は一瞬、言い淀んだものの、溢れる思いを抑えることはできなかった。

「義姉さんが好きだから」

「……えっ⁉」

千絵の体に緊張が走った。冗談でからかっているとは思わないだろう。そのまま押し黙ったのは、これまでの浩介の言動に思い当たるところがないか、考えているのかもしれない。

「ずっと好きだったんだ、義姉さんのこと。初めて会った時から……。兄貴のカノジョなんだって思っても、やっぱり好きで……好きで好きで、どうしようもないんだ。

だから……」

「だから、どうしようって言うの？」

口にしてしまったら、どこか安堵するところがあったが、今度は千絵の方が冷静になったようだ。あらためて訊《き》かれると、禁じられた欲望を言葉にするのは躊躇われた。

だが、それで治まるはずはなく、ペニスはますます膨らんでしまう。浩介は髪の上から千絵の耳朶《みみたぶ》に、さらには頬からうなじへとくちびるを押しつけた。

「待って。何をするの、やめて」

千絵が初めて抗いを見せた。上体と首を捻って何とか逃れようとする。だが、それで髪が揺れると、露わになったうなじに直接くちびるが触れた。少し汗ばんだ肌の匂いがした途端、ペニスが一気にそそり立った。何かの花を想起させるような甘い匂いが脳髄を刺激したのだ。

「お願いだから、やめて……」

千絵はなおも体をくねらせて抵抗するものの、やはり退院したてで膝が気になるのか、あまり力が籠もっていない。

義姉の弱味につけ込むようで、ちょっと卑劣な感じもしたが、それでも抑えきれないものが浩介の体を衝《つ》き上げている。うなじから頬へとくちびるを這わせ、肌の匂い

させている。
耳朶から、入り組んでこりっとした感触の外耳に移動しても、彼女はずっと体を硬直させている。

千絵の体が再び緊張したのは、耳朶に直接くちびるが触れた瞬間だった。柔らかなと感触を思いきり味わった。

――ここが気持ちいいんだ……。

耳が性感帯なのはもちろん知っているが、個人差はあるはずだ。抵抗しながらも、これは明らかに感じている反応なので、義姉は耳が特に敏感なのだろうと浩介は思った。

そこで、熱い息をゆっくり吐きながら、耳のあちこちにくちびるを這わせていった。同時にほんの少し舌を出して、羽根で掃くように軽くなぞったりもする。

千絵は体を緊張させたまま沈黙を続けているが、時折、微かに体を震わせるようになった。それが浩介を勢いづかせたのは言うまでもない。

大胆になった彼は、耳朶を舌先でぷるぷる揺らしたり、甘く咬んでみたりした。すると千絵は、肩をすくめて何とか逃れようとする。

「や……やめてっ……」

震える声で訴えるが、さきほど緊張で声がかすれ気味だったのとは明らかに違っていた。湧き上がる甘美な疼きを、何とか堪《こら》えようとしているのか、あるいは感じてしまう自分の体に脅えているようにも思える。

浩介はなおも耳を攻め続けた。熱い息を浴びせながら舌を戯れさせ、耳の裏側もちろちろ舐めさすった。もがきだす義姉の体をしっかり抱きしめ、動きを押さえ込んだ。

「いや……だめっ……こ、浩介くん……」

「いやじゃないでしょ、本当は」

「な、何言ってるの……いやよ」

「そうは思えないよ。すごく気持ちよさそうだよ」

「嘘よ。そんなことあるわけないじゃない……」

言葉とは裏腹に、千絵の声はしだいに湿り気を帯びて、なまめいた響きを含むようになった。浩介も痛いほど勃起させてしまい、もう義姉と一つになることしか考えられなくなっていた。

それでも千絵はもがき続けるが、しだいに力が籠もらなくなる。浩介はここぞとばかり、抱きしめたまま腕をずらしていった。胸を護るようにブロックしている肘を潜り、ジャケットの下へ強引に手を差し入れてバストに触れた。

「やっ……！」

義姉は短く呻き、その手をどけようと体を捩った。だが、あまりにも弱々しい抵抗でしかなく、浩介は容易にバストを掴むことができた。

——ああ、義姉さん！

感動の瞬間だった。手のひらに余るボリュームが柔らかくたわんで、瑞々《みずみず》しく弾むのだ。病院の庭でこの柔らかさを感じた時も感動したが、やはり腕に触れるのと手で掴むのとでは格段の差があった。

浩介はふくよかな量感を確かめるように大きく揉み回し、弾力を味わった。千絵がその手を払おうとしても、力で勝てるはずもない。むしろ揉んでいる浩介の手を上から包んでくれるようでもあった。

「何てことするの……浩介くん。わたしはあなたの……お兄さんの、妻なのよ。こんなこと、やめてちょうだい」

懸命に諭《さと》す千絵だったが、途切れかかった言葉に狼狽《ろうばい》が窺える。このままでは、快楽に負けてしまうという焦りなのかもしれない。それならば、とことん感じてほしいと思う。

「そんなこと、どうだっていいよ。好きなんだから、しょうがないじゃないか」

「何言ってるのよ。たとえ義理でも……姉は姉でしょ。こんなことして、いいわけないじゃない」

「そうじゃなくて、逆だよ。たとえ姉でも義理なんだ。血なんか繋がってないよ」

自分で言ってから、そうだ、血は繋がってないんだとあらためて思った。力を得たように、浩介の愛撫はさらに熱の籠もったものになっていく。

——乳首はもう、立ってるんじゃないか？

指先でさぐっていくと、しこったような感じは確かにあるものの、ブラとニット越しでは感覚が鈍くてはっきりしない。浩介は生の乳房に触れたいと強く思い、もう完全に止まらなくなっている自分を感じた。

——でも、ここじゃ……。

いまさらのように気づいたが、ここは玄関なのだ。これ以上のことをしようとすれば、この場所では無理があるのは当然だった。リビングのソファに連れていくか、あるいは、

——ベッドか！

と、閃くように思いついた。いままで浩介が一度も入ったことのない、見てもいないベッドルーム。このマンションに招かれても寝室を見ていないのは、千絵と兄が体を重ねることなど想像もしたくなかったからだ。だが、いま哲弘は病院のベッドだ。

その兄に代わって自分がこの寝室で義姉を抱く。それはこの上なく刺激的で煽情的なアイデアだった。

「義姉さん、いつまでもこんな所にいないで、中に入ろうよ。こっちに来て」

抱きしめたまま奥に連れていく浩介が、リビングのドアを通り越したところで千絵の体にさらなる緊張が走った。

「えっ……？　ちょっと、待って。どこへ……いやよ、ここ……」

後退《あとじさ》ろうとしてもできない彼女を、浩介はドアを開けて強引に連れ込んだ。室内にはベッドとドレッサーと箪笥《たんす》しかない。だが、六畳間の中央に鎮座しているのがダブルベッドだから、ずいぶんと狭く感じる。本当に寝ることだけが目的の部屋という印象だった。

家具はすべて木目調で、特にクラシカルなデザインのドレッサーが目を引いた。ベッドカバーもライトベージュなので、寝室全体が落ち着いた感じだ。浩介の勘では、この部屋のコーディネートは千絵の好みに違いなかった。

そのことに気づいた途端、むくむくと嫉妬心が頭を擡《もた》げてきた。だが、兄が病院のベッドから動けない限り、いまは自分の方が圧倒的優位に立っている。

「ねえ、浩介くん。お願いだから、落ち着いて。こんなバカなことは、もうやめて。

やめてくれたら、このことは誰にも言わないから。本当よ、約束するわ。絶対、言わないから。ねえ……」

必死に訴える千絵を後目《しりめ》に、浩介は彼女のジャケットを脱がせ、ベッドに横たわらせる。姿勢を気遣いながら、とりわけ左脚は慎重に載せるようにした。

千絵自身も抗う様子を見せないのは、左脚を気にしてのことだろう。それだけに懸命に哀願したのだろうが、ベッドに仰向けにされてしまうと、その声は力なくフェイドアウトしていった。

「ひどいわ、こんな……」

浩介はすかさずベッドに上がると、千絵の左膝に触れないように気を配り、上半身だけに覆い被さっていった。ひどいと彼女に言われてしまったが、それだけは絶対に注意しなければならなかった。

「ごめんね。ずっと義姉さんのことを思い続けてきて、もう抑えられなくて……。いけないことだって、わかってるけど、もうダメなんだ」

「謝るくらいなら、やめてちょうだい」

浩介はその言葉には応えず、義姉にくちづけしようとした。だが、千絵が顔を背けて拒んだため、くちびるは頬に押し当たった。

つるんとして柔らかな頰の感触を、浩介はゆっくり味わった。焦《あせ》ってくちびるを求めようとは思わなかった。頰だけでなく、額や瞼、鼻や顎にまでくちびるを移動させる。そうやって顔中にキスをしていくのだ。

千絵は腕で浩介を押し離そうとする。だが、それだけの力があるわけではなく、虚しい抵抗に過ぎなかった。くちびるに触れられそうになるとまた顔を背けて逃げるが、覆い被さった浩介が両肩を摑んで押さえているから、いくら逃れようとしても首を振ることしかできない。

焦らなければくちびる以外は存分に愉しめるし、そのうちに義姉も諦めて許してくれるのではないかと浩介は思っていた。

もちろん千絵の顔を両手で押さえ込んでしまえば容易にくちびるを奪えるのだが、そこまではしたくなかった。浩介の行動は強引には違いないが、どこまでも無理やりというのではなく、義姉の気持ちを少しでも自分の方に向けたかった。犯すのではなく、愛し合いたいのだ。

できるだけやさしいキスを心がけていると、案の定、逃れる千絵の首振りが少しずつ緩慢になっていった。浩介が乱暴に奪うつもりがないことを、千絵も感じたようだった。

その鈍った動きの隙を衝いて、浩介はくちびるを重ねることができた。いったん触れてしまうと、義姉はそれ以上拒み続けることはしなかった。触れてしまった事実は消せないということなのか、くちづける浩介に任せてじっとしている。

義姉の小ぶりなくちびるは、見た目と同じでキスの感触も可憐な、まるで少女のような印象だ。されるままで自分からは積極的にならないし、舌を入れようとすると、前歯を頑に閉じて、決して侵入を許すまいとするから余計にそう感じるのかもしれない。

——くちびるはしょうがないけど、舌はダメってわけか……。

ここでも浩介は無理強《じ》いをしなかった。キスは触れるだけにして、バストに手を伸ばしていった。

「んふっ……」

愛撫を再開すると、重ねた千絵のくちびるから吐息が洩れた。その甘やかな息を吸い込んで、浩介の勃起はなおも硬化していく。ベッドで圧迫されて窮屈になるが、体を動かすとそれが微妙な刺激になってさらに怒張を極めていくのだった。

「ああんっ……はああんっ……」

揉みしだくほどに千絵の息は乱れ、しだいに喘ぎ声になっていった。いかにも気持ちよさそうな喘ぎが浩介を後押しした。くちびるが開いて甘い息が洩れる、その時を狙って舌を差し入れたのだ。

「んむうっ……んん、ん……むううっ……」

千絵はすぐさま拒もうとしたが、舌を嚙み切ってやるつもりでない限り、歯を閉じるわけにはいかない。いったん入ってしまった舌を押し戻そうとすると、浩介の舌に絡めることになるだけだった。

そうして千絵は、口腔をさぐられるままになった。やはり、一度許して既成事実になると、もう元に戻すことはできないという諦めが生じるのだろうか。

浩介はそろりと舌を動かして、彼女の舌を円くなぞっていった。それから舌の裏側を舐め擦ったり、逆に自分の舌裏で表面をさすったりして、唾液を絡め合うように舌を蠢かせた。とろりとした甘味な唾液が目も眩《くら》みそうな愉悦を誘い、しだいに舌の動きが大胆になっていく。

それと並行して、バストの愛撫にも変化を加えていった。大きく揉み回すだけでなく、乳首の位置を予想して指先で小刻みに擦ったりもする。脳裡には病院で乳首を覗き見た時の光景が浮かんでいた。義姉の乳房はノーブラでも垂れずに張りを保っていそうだったから、いまブラジャーを着用していても、だいたいの狙いをつけて攻めることができる。

そうしているうちに、千絵は再び息を荒くして声を洩らしはじめた。口を窄《すぼ》めて舌を吸うと、喘ぎがいっそう深くなって、体が微妙にくねりだした。ディープキスが効いたのか、それともバストの方なのか、興味が湧いてくる。

浩介は舌の動きを止めて、乳首を狙った指弄だけで攻めてみた。すると千絵は、上体をくねらせて甘い声を洩らした。声を押し殺している余裕などないような反応だった。

——やっぱり乳首か……。

だが、念のために今度は手指を動かさずに、舌を吸引したり舐め回したりしてみた。すると、それでもやはり感じている様子で、小さく鼻を鳴らして深い喘ぎを洩らすのだった。

——そうか、どっちにしても気持ちいいんだ！

浩介はほくそ笑んで、再び同時に攻め嬲りはじめた。

千絵の乱れ方はしだいに激しくなって、やがて指先に硬く尖ったものがはっきり触れるようになった。明らかに乳首がしこってきたのだ。狙いをつけた位置とまったく同じだった。

「義姉さん、気持ちいいんだね？」

耳元で囁くと、千絵はハッと身構えて首を振った。いきなり図星を指されて狼狽《うろた》えた様子だ。

「だって、ほら……乳首、立ってる」

浩介は尖った乳首をくりくり転がし、さらに指で押し込むように揉み回した。千絵
の体が反り返って、鋭い悶え声が上がった。

「あああーっ！　……んああんっ！」

あからさまな反応に気をよくした浩介は、さらにバスト全体を揉みしだきながら乳
首を攻めまくった。同時に耳元に熱い息を吹きかけ、耳の裏から表から、さらにはう
なじへと舌を這い回らせる。

千絵は体を震わせて悶え、間断なく声を上げるようになった。首を右に左に振りま
くり、乱れた髪が皺の寄ったベッドカバーの上に舞い広がった。

「こんなに硬くなってるよ」

湿った息で語りかける浩介も、かなり呼吸が荒くなっていた。

「嘘よ……そ、そんなことないわ……ああ、だめぇ……！」

言葉では否定するものの、その声がうわずってしまっている。しゃべることで快感

の高まりを自白するようなものだ。

「変だなあ。この硬いのは違うのかな」

浩介は惚《とぼ》けて言いながら、的確に乳首を揉み転がしていった。甘く乱れる義姉の反応が、彼に余裕と歓喜をもたらしてくれる。千絵はまたも首を振って身悶えした。

ニットの裾から手を入れて、ブラジャーの上からバストを鷲摑むと、ふくよかな柔肉が手を押し返してくる。その弾力がなやましくてたまらない。浩介はつい気が急《せ》いてしまい、義姉の背中に手を潜り込ませ、ブラジャーのフックを外しにかかった。

「ああっ、いやよ……やめて、それは……」

いくら抗おうとしても、いったん背中の方に手を回されたらどうにもならない。払うことも押し返すことも無理な体勢だ。浩介は逸《はや》る気持ちを抑え、フックを捉えて外してしまった。

役目を終えたブラジャーは、ただ力なく体に纏《まと》いつくだけになった。ニットの裾を胸の上までめくると、一緒にずりあがって生の乳房が露わになった。千絵が裾を下げて隠そうとしても、浩介は易々とその手を押さえて阻《はば》むことができた。

「おおっ！」

義姉の美乳に目を奪われ、浩介は思わず感嘆の声を洩らしてしまった。陶器を思わせる艶やかさは見事と言う他はない。しかも、横たわっているにもかかわらず、乳房はこんもり隆起して瑞々しい張りを保っている。濃いピンクの乳首は思った以上に大きく尖り立っていた。乳暈は大きくも小さくもなく、正面から見てもやはり程良いバランスで乳首を飾っている。

浩介は乳房を下の方から押し上げるように摑み、むにむにと揉んでみた。魅惑の美乳は手のひらに貼りつくようにたわんで元に戻った。しっとり吸いつくような手触りに目眩がしそうだ。

——ああ、なんて柔らかいんだ。それに、こんなに大きくて、ぷるぷるしてる……。

浩介は感激のあまり、思考が止まりそうになっていた。柔媚な感触とふくよかさに圧倒され、しばらくはそのことしか感じられない状態だった。

呆けたように揉み続ける手に、快楽の証である硬い突起が触れる。くりくり揉み回して触感を愉しむと、千絵が胸を波打たせて悶えはじめた。

「いやよ、そんな……ああ、そんなことしないで……」

「どうして？　こうすると気持ちいいでしょ？」

「いいえ……気持ちよくなんか、ないわ……だから、やめ……ああっ……！」

指先で転がしたり弾いたりするだけで、千絵の体は妖しいくねりを見せて、弓なりに反り返ってしまう。それで気持ちよくないはずがないのに、あくまでも否定し続けるから、浩介は義姉の口から、〝気持ちいい〟という言葉を意地でも聞いてみたくなった。

乳房をすくうように搾り上げ、今度は先端を口に含んで舌で舐め転がしたり、弾いたりした。唾液でぬめるぶんだけ、指よりも快感は鋭いはずだ。舌の温もりも心地いいかもしれない。

「だめだめっ……そ、それはだめよぉ……ああん、やめてぇ！」

案の定、千絵の声が急に切迫したかと思うと、途中から濡れた響きに変化した。そして、それきり口を噤《つぐ》んでしまい、声を殺して喘ぐだけになった。声の調子で快感が露わになってしまうのを避けたいのだろう。

反射的に彼の肩を摑んで押し返そうとしたが、その手もすぐに力が抜けてしまい、だらりとベッドの上に投げ出された。

浩介はなおも舌を使い続け、空いている手でもう片方の乳房も揉みしだいた。舌と指でそれぞれの乳首を嬲りつくしていくうちに、千絵の体は痙攣のように小刻みな震えが走るようになった。

怒張したままベッドで圧迫されているペニスは、すでに粘液を垂れ流しているようだった。浩介は腰を浮かせてジッパーを下ろし、圧迫から解放した。そして、投げ出されていた千絵の手を腰の下に引き込むと、手のひらの位置を狙って股間を押しつけた。

トランクス越しに感じる義姉の手は柔らかくて心地よかった。怒張したペニスはその手に収まりきらないので、先端が当たるように腰をずらしてみた。すると、亀頭が親指に腹の部分に当たって気持ちいい。ゆらゆら腰を揺すると、甘美な刺激が下腹全体に拡がっていった。

すっかり官能の波に翻弄されている千絵は、勃起を押しつけられていることを、すぐには気づかなかった。浩介がしばらく腰を動かしていると、ようやく気づいてハッとなった。ペニスの硬さで気づいたのか、あるいは粘液が染みたトランクスの湿り気だったかもしれない。慌てて手を引っ込めて、そんなことをした浩介を恨めしそうに睨んだ。

だが、潤んだ瞳がなまめいた光を湛《たた》えて、頬は快楽の炎に炙《あぶ》られたように火照《ほて》っている。妖艶な表情が性感の高まりを如実に表していた。

浩介はもう一度股間を触らせようかとも思ったが、蕩《とろ》けたその表情を見れば、もっと感じさせてやる方が面白そうだった。いままで想像の中にしか存在しなかった、淫らに悶える義姉の姿をとことん見てみたいのだ。

千絵のパンツのジッパーを素早く引き下ろしにかかると、彼女は慌ててその手を押さえてきた。

「だめっ!!」

だが、半分も開けばそれで充分だった。千絵の手と争いながらも、指先がパンティのウェストゴムを捉えると、容易に潜り込ませることができた。

と、いきなり秘毛の密生した草叢に突入した。指先でかくように確かめると、ずいぶん毛足が長そうだった。いろいろと想像はしていたが、思っていた以上に繁茂《はんも》しているようだ。

秘毛をさぐられた千絵は、やめてと言わんばかりに彼の手首を握るが、無駄なことと半ば諦めているのか、大して力が籠もっていない。ただ息を荒らげて喘ぐばかりで、結局、ジッパーも全開にすることができた。

浩介は秘丘の草叢を抜け、その先の谷間に分け入った。

——!!

そこは熱くぬかるんだ湿地帯で、踏み込んだ途端に指先がにゅるりと滑ってしまった。大量の蜜で溢れ返っており、ぬめりが過ぎて肉の感触すら覚束《おぼつか》ない。これまでの千絵の反応からして、かなり感じているのはわかっていたが、これほど濡れていると は思わなかった。

秘肉を触られた瞬間、千絵は全身を硬直させたが、浩介がぬかるみをこね回すと、みるみる力が抜けていく。手首を握る手もすっかり緩んでしまった。

「すごいね、義姉さん。こんなに濡れている……」

「……」

千絵は言葉を失い、ただ首を振るばかりだ。感じてなどいないと何度も否定してきたが、浩介によって掘り起こされた官能を、もはや偽ることはできなかった。

「やっぱり、すごく気持ちよかったんだよね。そうでなけりゃ、こんなグショ濡れにはならないもんね」

「いやっ……」

しきりに頭を振って羞じらう義姉だが、体は諦めきったように弛緩している。浩介はしとどに濡れた秘裂を遠慮なくさぐっていった。

比較できるのは里香しかいないが、最初の印象では肉溝がずいぶん深そうに思えた。だが、溝の周辺にも指を這わせてみると、花びらやその外側がぽってり膨らんでいるためにそう感じたらしいとわかった。それが充血した結果か、元からなのかはもちろん不明だが……。

花びらは肉が厚いが、両側の土手が高いせいもあって、はみ出してはいない。触った感触では左右不揃いということもなさそうだ。

その上にあるクリトリスは粒が大きい。里香が小さいのかもしれないが、ずいぶん差がある感じがする。しかも、里香以上に敏感で、軽く触れるだけで腰がひくひく跳ねるのだった。

さぐっているうちに指もべっとり蜜にまみれてしまった。ぬめった指で肉芽に触れるから、快感が倍増してさらにまた溢れてくる。おそらくパンティにたっぷり染み込んでいることだろう。

ふと洗濯前のパンティが脳裡に浮かんだ。あの時の強い淫臭が甦り、いま触っていることこの匂いだと思うと、すぐにでも脱がして嗅いでみたい衝動に駆られる。

肉溝の奥に深い穴の入口があり、中の様子を窺おうと中指でちょっと押してみると、底なし沼にはまったように簡単に埋没してしまった。ぬめった肉襞にぴったりと指が包み込まれ、これがもしペニスだったらと、想像させずにはおかないほど心地よい感触だった。

浩介は中指をスライドさせながら、手前から奥の方まで丁寧に探索していった。すると、入口に近いあたりで、柘榴《ざくろ》の実を並べたような粗い粒々が指に触れ、途端に千絵が腰を躍らせた。

「あああっ、い……いい……ああ、それ……だめぇ……」

里香と同じで、どうやらそこが性感のひときわ鋭い部分のようだ。とはいっても、もちろん外にもクリトリスという敏感なポイントがある。浩介は指を抜いては肉芽を嬲り、挿し入れては柘榴の壁を擦り上げた。両方を間断なく責めることで、快感を一気に高めてやれると確信したのだ。

効果は覿面《てきめん》だった。千絵の声はますます鼻にかかって甘く響き、上半身が弓なりに反って、さらに微妙なくねりが加わった。その妖しい動きは、蠱惑《こわく》的な踊りを見せられているようでもあった。

浩介は指を二本にして、ペニスに見立てて抜き挿しを激しくしていった。指先で粗い粒々を捉え、小刻みな振動をしだいに速めていったのだ。

「んんんっ……ああ、いいいっ……」

義姉の口からよがり声が上がった。「気持ちいいの?」と訊《き》くと、羞じらいの間を置いて小さく頷いた。だが、それを言葉にしてはくれなかった。

浩介はさらに抜き挿しのストロークを大きくしたかったが、パンツとパンティをもう少し脱がさなければそれ以上は無理だった。

――いっそのこと、全部脱がしてしまおうか。

義姉の秘部をこの目で見たいし、舐めてもみたい。浩介はそう思って、いったん体を起こしてパンツのウェストに手を入れて脱がそうとした。

千絵は腰を浮かそうとしているようでもあり、ただくねらせているだけとも思えた。協力してくれる意思があるのかないのかよくわからない。そのせいで手間取ってしまい、浩介は半ば強引に脱がせにかかった。容易ではなかったが、何とかヒップが抜けて、さあもう一息と力を入れた瞬間、

「痛っ!!」

千絵が叫び声を上げて跳ね起き、浩介の肩を突き飛ばした。驚くほどの力だった。それだけ彼女の痛みが強かったということだ。

両手で左膝をさすりながら、痛みが治まるのを待っている義姉を見て、浩介はようやく事態が呑み込めた。彼が力を入れた瞬間、千絵の左膝が限界を超えそうな角度まで曲がってしまったのだ。

普通なら何の問題もないが、リハビリ中の千絵には酷なことだった。膝の関節が長く固定されていたために、ギプスを外した直後は曲げることができない。それをいま

リハビリで、少しずつ曲がる角度を大きくしている最中なのだ。無理に曲げれば痛みが走って当然だった。

浩介はいきなり現実を突きつけられたようで、さっきまでの昂奮がみるみる退《ひ》いてしまった。怒張していたペニスもゆっくり萎《しぼ》んでいく。こうなるともう、何もできはしない。諦める他はなかった。いまさら謝るのも変だし、膝の具合を気遣うのも白々しい。どう言葉をかけたものか迷っていた。

千絵は間もなく痛みが治まったようだが、視線を落として押し黙っている。責めているのかと心配になったが、ふと窺い見た表情には、憂いとも悦びともつかない微妙な色が浮かんでいた。

だが、浩介は接ぎ穂が見つけられないままで、その場にいるのは何ともきまりが悪かった。結局、いたたまれなくなって、「帰ります」と一言だけ言ってマンションを後にしたのだった。

第四章　禁じられた交わり

　浩介は兄から頼まれていた、仕事関係の物を預かって帰る約束をすっかり忘れていた。そのことに気がついたのはアパートに戻ってからだった。帰り道、ずっと千絵のことを考えていたのだ。

　千絵は最初のうちは拒んでいたものの、最終的には彼の愛撫を受け容《い》れて、あれだけ感じてくれた。しかも、気持ちいいと頷いてくれた。にもかかわらず、その義姉に対して何て言葉をかけたらいいか、どういう態度をとるべきか考えあぐねて、結局は帰ってきてしまった。

　それは、義姉の気持ちが本当のところはどうなのか、よくわからなかったからだ。感じていたのは間違いないが、あの成り行きでどうにもできずに愛撫を受け容れてしまっただけなのか、あるいは浩介の気持ちまで含めて受けとめてくれたのか、そこがどうもはっきりしない。

だが、いずれにしても彼の脳裡には、帰り際に見た千絵の表情が鮮明に焼きついてしまっていた。官能に炙られたまま放り出され、行き場をなくした女の風情を醸《かも》している、妙になまめかしい表情だった。

本当の気持ちはわからないが、義姉の中の〝女の部分〟は明らかに自分を求めていたのではないかと、そのことはアパートに帰り着くまでずっと引っかかっていた。

そして、帰って上着を脱いだ途端、兄との約束を思い出したのだった。

――どうする？

取り立てて急ぎではなさそうだったから、来週、千絵が病院に行く時に持っていっても間に合うかもしれない。あるいは、義姉に連絡して、明日にでも受け取りに行こうか。そうすれば明日もまた会える。その考えはとても魅力的で、ついでに義姉の真意をさぐることも可能ではないかと思えた。

だが、電話するのは何となく気まずく、照れくさいようでもあった。これでは真意をさぐるどころではないと躊躇《ためら》っているうちに時間が過ぎて、結局、電話できたのは夜九時を回ってからだった。

呼び出し音がしばらく続いて、浩介はしだいに不安になった。入浴でもしていて気づかないならいいが、携帯電話にかけたから、相手が浩介とわかって迷っているのではないかと思ったのだ。

諦めて切ろうとしたところで千絵が出た。が、やはり声に硬さが感じられて、浩介も緊張しながら用件を切り出した。すると彼女は、

「来週、わたしが病院に行く時に持っていくからいいわ」

と言ってきた。たぶんそれで問題ないはずだったが、もしここでそれを納得して電話を切ったら、何だか義姉が遠くへ行ってしまいそうな気がする。というより、今日の彼の行為も思いも完全に否定され、すべてが終わってしまうように思えてならない。強迫観念に近いものがあった。

「でもさ、兄さんが変に思わないかな。何か勘ぐったりとか……、だって二人とも忘れてたなんて、やっぱり変だし……変て言うか、つまり……何で忘れたんだって。義姉さんそういうの、きちんと覚えてる人でしょ。だから……」

浩介は絶対に自分が預からねばならない、もう一度義姉に会わなければいけないと、必死に食い下がった。

「わかったわ」

その思いが通じたのかどうか、千絵は了解してくれて、明日また受け取りに行くこ

とになった。

とりあえず活路が潰《つい》えることは避けられた気がして、浩介はほっと安堵した。明日、義姉に会ったらもう一度きちんと話そうと思う。決していい加減な気持ちで不埒《ふらち》な行為に及んだわけではないと、真面目に話せばわかってくれるに違いない。そんな希望を持つことができた。

ところが、翌日、マンションを訪ねた浩介は、千絵の意外な態度に面食らうことになった。いや、それはむしろ当然といえる対応かもしれなかった。

彼が玄関のインターフォンで呼ぶと、千絵はちょっと待ってと言って彼を待たせた。そして、少ししてドアを開けると、杖を持って外に出てきてドアをロックしたのだ。

「じゃあ、これ。お願いするわね」

「あ、はい……」

書類や本などが入った手提げバッグを渡されて、浩介は拍子抜けしたと同時に落胆した。義姉は彼を部屋に入れたくないのだ。きちんと話をする前に拒絶されてしまったわけだ。もっとも、千絵も少しは彼の気持ちを配慮してくれたのかもしれない。

「これからちょっと、お買い物に出かけるから」

部屋に入れたくないわけではないと、形の上では別の理由を作ってくれたのだ。浩介は駅の方に向かう千絵に纏《まと》いつくように従った。

「買い物って何なの？　急ぐわけじゃないでしょ。ちょっとお茶するくらいの時間はあるんじゃない？」

縋《すが》る義弟を無下《むげ》にするわけにもいかなかったのか、じゃあ少しだけと言って、千絵は駅前のコーヒーショップに連れていった。

客は浩介と同年代の人が多く、半分あまりの席が空いていた。浩介は特に人の少ないエリアを選んで義姉を座らせ、二人分のオーダーをして席まで運んだ。できれば周りの客に話を聞かれたくなかった。

「……だから、いい加減な気持ちじゃないから、それは絶対わかってほしいんだ」

「だからって、どうしようもないことでしょ。もう、その話はよしましょう」

昨夜から言おうと決めていたことを穏やかに話すと、周囲を気にしながら聞いていた千絵は、声を落として言った。その話はやめようというのは、どうしようもないことだからなのか、こんな場所だからなのか、どちらにも取れるような言い方だった。

もっと話を続けたかったが、千絵がどうしても避けたい様子だったので、どうやら諦めるしかなさそうだった。ところが、彼女の表情を窺っていると浩介の思いに対して、あるいはこの話を持ち出した彼に対して、拒絶したり嫌悪しているようには思えなくなってきた。

そう感じたのは、義姉の頬がわずかながら上気していたからだ。瞳も微かに潤んでいるように見える。それは昨日、彼がマンションを後にする時に見せた、妙になまめいた表情を思い起こさせるものだった。同じというわけではないが、どこか通じるものがあるように感じるのだ。

——もしかして、アソコを濡らしたことを思い出してるんじゃないか⁉

彼の愛撫に感じて濡らしてしまったこと、気持ちいいと頷いてしまったことを、千絵自身が強く意識しているのではないか。そう考えると、目の前の義姉の羞じらいを含んだような風情も腑に落ちる。

——ということは……。

浩介の胸がにわかに波立った。彼の行為を否定的に捉えているわけではないのかもしれない。歓迎はしないまでも、許してくれているような気がする。そうだとすれば、彼を部屋に入れなかったのはどういう理由によるのだろう。さまざまな考えが脳裡を駆け巡った。

だが、いずれにしても義理の姉に手を出してしまった事実を消すことはできないし、いまさら何もなかったように振る舞うことは、お互いにできないだろう。そう考えると、いったん高まってしまった義姉への思いは、なお消えることなく燻《くすぶ》り続けるのだった。

結局、その日は兄に渡す荷物を預かっただけで帰ってきた。それ以上の話をすることは難しく、もし無理をしたら周りから痴話喧嘩みたいに思われかねない気がしたからだ。

預かったバッグはその二日後に兄の病室に届けた。そして、千絵が週一回のリハビリに通院する曜日をそれとなく確認しておいた。リハビリが終わった後で兄の病室に寄るはずだから、時間を見計らって行けば義姉に会えると考えたのだ。

浩介が世田谷のマンションを訪ねる理由はもうなくなっていたから、いきなりにせよ電話してからにせよ、訪ねていって中に入れてもらえる確率は、いまの情況では低いと見なければならない。兄のところで顔を合わせたついでに送っていくということであれば、自然で無理がないように思えた。

リハビリは退院からちょうど一週間後の木曜日で、担当医の予定に合わせて毎週同じになるということだった。木曜はちょうどアルバイトが夜勤なので都合がいい。

浩介はおおよその時間を推定して、それより少し早めに兄の見舞いに行った。話をしながら時間を潰していれば、そのうちに千絵がやって来るだろうと踏んでのことだ。

案の定、三、四十分すると彼女が姿を見せた。

「やあ、終わったのか。今日はどうだった？」

「おかげさまで順調よ。だいぶ曲がるようになってきたの」

千絵は浩介がいるのを見ても特に驚いた様子もなく、兄に応える声も平静な感じがした。もしかすると浩介が来ることを予測していたのかもしれない。

「どれくらい曲げられるようになったの？」

浩介もごく普通に尋ねてみた。すると千絵は、椅子に座って左脚を曲げてみせた。先週より明らかに角度がついているのがわかったが、兄がわざと「全然変わってないんじゃないか」と茶々を入れると、その場が和《なご》んで笑いがこぼれた。

哲弘の前では二人とも、先週の出来事などおくびにも出さない。そう約束したわけでもないのに、お互いにいつもと変わらぬ態度を心がけている。それが兄に対して秘密を共有していることを強く意識させた。

——義姉さん、あんなに感じて、びしょ濡れになったのに……。

あの時の感触や千絵の反応を思い出して、浩介は密かに股間を強張らせた。兄がそのことを知ったらどんな顔をするだろう。それは義姉のパンティで悪戯した時以上の昂奮をもたらした。背徳的な秘密ほど胸躍るものはないと、あらためて思うのだった。

いま義姉の脳裡にも、あの時のことが浮かんではいないだろうか。そう考えると、義姉と自分が共犯者という絆で堅く結ばれているように思えてならない。

「どうだ、久しぶりに自宅に戻れた感想は。やっぱりいいだろう？」

「それはそうよ。もちろんだわ。でも、一人だとどうしても広く感じちゃうのよね」

そう言ってから千絵は、ちらっと浩介の方に視線を動かしかけて、すぐに戻した。まさか誘っているとは思えないから、不用意なことを口にしたと後悔したのかもしれない。

「それはしょうがないな、少し我慢してもらわないと。オレもすぐに退院は無理でも、そろそろ見込みくらいは立つだろうから……」

哲弘は期待を込めた言い方をした。が、口調にそれほど勢いがないのは、やはり入院生活が長引くのを覚悟しているからだろうか。

それからしばらくおしゃべりしたが、義姉は浩介が先に帰ることはないとわかっていたようで、話を長く延ばしたりはせず、適当なところで切り上げた。じゃあ僕もと言って、浩介も腰を上げた。

「送っていくよ」

エレベーターの中で言うと、千絵は黙ったまま操作ボタンを見つめていた。どこまでは言ってないが、もちろん浩介はマンションまで送るつもりだ。義姉もそう感じたに違いないが、断っても無駄だと思っているようだ。

駅に向かいながら千絵は、学校はいつから始まるのかと当たり障《さわ》りのないことを訊いてきた。浩介は再来週からだと答えた後で、春休みはもう残り半月もないのだとあらためて思った。

千絵は杖のつき方が軽くなっていた。駅に着いて階段を昇り降りするのも、先週よりかなり楽になっているのが見てとれる。それだけ回復しているのは良いことだが、浩介は何となく、手助けは無用と言われているような気がして複雑だった。

世田谷の自宅に着くと、千絵は黙ってドアを開けた。浩介に入っていいと言わない代わりに、送ってくれてありがとうとも言わなかった。浩介は義姉の後について玄関に入った。

「何を言ってもついて来るとは思ったけど、しょうがないわね。お茶を淹《い》れてあげるから、それを飲んだら帰ってちょうだいね」

本気でそんなことを言ってるのかと思ったが、何より腰を落ち着けるのが先決だ。浩介は生返事をして靴を脱いだ。

リビングのソファに腰を下ろして待っていると、千絵は紅茶を淹れてくれた。哲弘はコーヒー好きだが、彼は紅茶の方が好みだ。黙っていてもアールグレイを出してくれるところは、以前とまったく変わらない義姉だった。しかし、長いソファにわざわざ離れて座るあたりは、警戒心を露わにしている。

「義姉さん。この間のこと、怒ってる?」

浩介はどう切り出そうか迷った末、遠慮がちに訊いてみた。当然だという返事が返ってくるかと思ったら、千絵は意外にも穏やかに否定した。だが、許しているわけではなかった。

「そのことはもういいから、全部忘れてちょうだい。わたしもそのつもりだから」

浩介は義姉の言葉が引っかかった。〝全部〟とは何を指しているのか。彼があのような行為に及んだことでは意味が変だし、やったことすべてを指してそう言うのも妙に気がする。もしかしたら、義姉が最終的に彼の愛撫を受け容れ、気持ちいいと頷いてしまった、その事実も含めて忘れてほしいと言っているのではないか。

そうだとすれば、彼の思いを拒否するというより、自分自身の肉体の反応に恥じ入る気持ちが強いのだ。やはり義姉の〝女の部分〟は浩介を求めていたに違いない。

「忘れるなんて無理だよ、できっこない。義姉さんだって、本当は無理なんじゃないの?　だってさ……」

浩介はわざと意味深な切り方をして、義姉の表情を窺った。千絵の瞳が落ち着きをなくすように揺らいだ。

——やっぱり、そうだ！

浩介は確信した。義姉は秘部を濡らし、あられもなく乱れてしまった自分のことを忘れてほしいと言っているのだ。

だが、それはできない相談だった。あれほどの感動と昂奮を忘れられるはずもない。甘い肌の匂いや唾液の味わい、柔媚な乳房、そして何より秘肉のぬめった感触が、いまこうしていても鮮やかに甦《よみがえ》ってくる。全身の血流が下腹の一点に集まりはじめ、ペニスがじわじわと膨らんでくるではないか。

「だって、そうでしょ義姉さん。ボクを受け容れてくれたから、あんなふうになったんでしょ？」

「やめてっ！」

明快な一言に義姉は顔を背けた。髪からわずかにのぞく頬がみるみる上気してくる。まるで今を盛りと咲き誇る桜のようだ。

「そうでなけりゃ、あんなに感じてくれるはずないじゃないか。ねえ、本当のことを言ってよ」

腕を摑んでこちらを向かせようとすると、子供がいやいやをするように拒んで顔は背けたままだ。紅潮した顔を見られたくないに違いない。正面に回って両肩を摑んでみたが、今度は深く俯いてしまった。

「どうしたんだよ、義姉さん。何とか言ってよ」

両手で千絵の髪をかき上げ、その手で頰を挟んだ。思った通り、義姉は羞じらいの面持ちで目を伏せている。以前、洗濯した衣類を届けた時もこんな表情を見せたことがあるが、まるで少女のような風情が浩介の心を捉えて放さない。すでに股間は硬く張っていて、いとおしさが欲望をさらに膨らませる結果になった。

「義姉さん……」

浩介は横に座って両手で千絵の肩を抱き寄せた。腕の中で彼女の体が強張《こわば》ったが、一週間前とは何かが違っているような気がした。

だが、それを考えている余裕はなく、俯いたままでいる義姉の髪に、浩介は思わずくちびるを押し当てていた。爽やかな髪の香りに混じって、皮脂のくすんだような甘ったるさが鼻腔をくすぐった。

くちびるで千絵の髪をゆっくりなぞり、頭部から頰、そして耳へと移動していく。それにつれて義姉の体が小さな震えを見せはじめた。感じやすい耳朶を髪の毛ごと咥え、熱い息を吹きかける。途端に肩をすくめたものの、意外にも体の強張りが弱まったような気がした。

頬にかかる髪をどけてから、もう一度くちびるを寄せた。軽く耳に触れさせて、ちろっと舌先でなぞってみる。千絵はまたも肩をすくめ、微かな喘ぎを洩らした。

「いや……だめよ……」

その言葉は弱々しく、やはり体から力が抜けていくのだった。耳朶を甘咬みしながら吐息を洩らすと、義姉の温かな息が浩介の首筋をくすぐり、心地よい痺れが背筋を走ってペニスにまで到達する。

浩介は衝動的に義姉のくちびるを奪っていた。千絵が抗《あらが》いを見せたのはその瞬間だけで、すぐにおとなしくなった。背中に腕を回してしっかり抱きしめると、くちびるを預けたまま、体までくなっと預けてくる。

そんな様子からして、さっき抱き寄せた時に身を強張らせていたのは、嫌がって拒もうとしたわけではなく、緊張しながら浩介の出方を待っていただけのように思えてきた。

それで勢いを得た浩介は、思いきって舌を入れようと試みた。すると千絵は、前歯でガードする様子もなく、差し入れられるままに開いてくれた。ジッとして動かない千絵の舌を誘うようにちろちろ舐めてみると、あくまでも遠慮がちではあるが、しだいに反応を見せるようになった。

——ちゃんとディープキスしてくれるぞ！

浩介の舌使いが俄然、活発になった。千絵と絡め合うのはもちろん、前歯の内側を擦ったり、ちょっと離れてくちびるを舐めさすったりと、縦横無尽に動き回る。それにつれて千絵の息がしだいに乱れ、甘い唾液と紅茶のベルガモットの香りが浩介の口腔内で溶け合った。

千絵の中ではやはり逡巡するものがあるのだろう。舌の動きはまだまだ鈍い。それでも先週のことを思えば別人のようだ。何しろ彼が舌を回転させるのに合わせて、小さいながらも円を描くようになったのだ。

浩介は濃密なくちづけをしたまま、ふくよかなバストにそっと手を伸ばした。Uネックカーディガンはしっとり柔らかな生地で、インナーにしたタンクトップもソフトだからバストの感触をなやましく伝えてくれる。どうやらブラジャーも薄い生地らしい。手のひらに余る膨らみをやさしく揉み回し、柔肉の捩れる感触を愉しむことができるのだ。

揉みながら、すでに心得ている乳首の在処《ありか》を指先で刺激する。表面をかくように、小刻みに擦り続けたのだ。軽い刺激であるにもかかわらず、千絵には電流の直撃を受けたように鮮烈だったようだ。

「んんっ、あっ……」

突然、喘ぎを洩らしたかと思うと、舌の動きが止まってしまった。バスト愛撫の快感に心を奪われてしまったようだ。代わりに浩介が舌使いを大きくして、深く抉《えぐ》っていった。啜り取った唾液はどこまでも甘く、浩介の脳髄を痺れさせた。

義姉はますます息遣いを荒くして、それとともにバストの中心が硬く尖ってきた。もはやディープキスを続けられる状態ではなく、舌を預けたまま喘ぐばかりになってしまった。ねっとり舌を絡めながら唾液を流し込んでみると、口腔は瞬く間に沼地のようになり、義姉の喉が奥の方でこくっと鳴った。

浩介は彼女の反応を窺いながら、なおも乳首を重点的に攻め続けた。カーディガンのボタンを外し、タンクトップの下に手を忍ばせると、やはりブラジャーは薄手の生地で、すぐにしこった乳首が指に触れた。摘んで転がしただけで、千絵は白い喉を晒してのけ反った。

離れてしまったくちびるを追いかけると、再び預けてはくるものの、すぐに喘いでまた離れてしまう。カップをずらして直接指で揉み転がすと、身のくねらせ方がいっそう悩ましくなった。乳首から体のすみずみへと快楽の波動が拡がっていくのだろう。全身が脱力しきってなすがままといった状態だ。

義姉をこの手で自由にできそうだとわかると、浩介は触っただけでいまだ目にしていない秘めやかな部分を、早く見たいという衝動に駆られた。

くたっとなった千絵の体をソファの背にもたせかけ、パンツのウェストに手を伸ばした。ジッパーを下ろして、今度は慎重に脱がせにかかる。

「ああ、いやぁ……だめよ、そんなの……やめて……」

千絵はまるで譫言《うわごと》のような虚《うつ》ろな声で言い、彼の手を払おうとした。だが、その手は力なく腰のあたりを彷徨《さまよ》うばかりで、浩介の手を摑むことすらできない。

余裕が生まれると浩介もしたたかになって、パンツのウェストを摑んだまま千絵の手の甲にくちびるを触れさせた。さらにその人差し指を咥え、まるでフェラチオみたいに舌を蠢《うごめ》かせる。義姉の指は舌触りも柔らかく、爪の先が舌や口腔粘膜に当たるのも心地よかった。口を窄めて吸引すると、本当にフェラチオをしているみたいで妖しい気分が高まってくる。

千絵は手指を預けたまま、ソファの背凭《もた》れに載せた頭を気怠《けだる》そうに振り、半開きのくちびるから吐息のような喘ぎを洩らし続けていた。手を引っ込めないのは、彼女も心地よいものを感じているからに違いない。あるいは、やはり妖しい気分に浸っているのかもしれない。

浩介は名残《なごり》を惜しみながら指を吐き出し、再びパンツを脱がせにかかった。腰骨が出るまで下げてから、ヒップ側に手を差し入れて剝くように脱がせると巧くいった。

露わになったストッキングはほとんど透明に近い。クリームイエローのパンティは、横ストライプのように見えるが、一センチ幅くらいで一列おきに同色のシースルーになっている。つまり、透けた肌の色と黒い翳《かげ》りがストライプになっているのだ。

透けたヘアは広い範囲に渡っていて、よく見ると、何カ所かで毛先がほんの少しずつのぞいている。今日の千絵は、ストレッチジャケットと合わせたベージュの上下で病院に来ていたが、きりっと爽やかに見えたその下に、こんな淫猥な光景が潜んでいたとは何とも昂奮させられる。

「だめよ、浩介くん。そんなことしたら……いけないわ……ああ、だめよ、わたしはお義姉《ねえ》さんなのよ……あなたのお義姉さんなのに……そんなこと……」

千絵は相変わらず、譫言のように口走っている。言葉では浩介の背徳を諫《いさ》めるが、むしろそれで自分自身を煽っているようでもあった。

ヒップさえ抜けてしまえば、脱がせるのは容易だった。ブーツカットパンツだから、膝に気をつければ脚から抜き取るのは難しくない。後はストッキングとパンティだけで、浩介はそれを一緒にして脱がせていった。要領はパンツとまったく同じだ。

腰骨が露わになり、平らな下腹が晒されると、その先に黒々と繁った濃い性毛が現れた。下着とストッキングで圧迫されていたせいで、毛叢はぺしゃんこになっていたが、ちょっとかき解いてみるとやはり毛足が長かった。白い肌とこんもり繁った漆黒の性毛のコントラストは卑猥なことこの上ない。

浩介はストッキングとパンティを一気に剝き取っていった。下半身を脱がされた千絵は、股間の茂みを手で隠した。浩介は怪我をした左脚を曲げなくていいようにソファに押さえ込み、右膝を持ち上げて大きく開かせた。すると千絵は、秘裂が露わになるのを手で覆い隠した。裸にされてしまっては、そんなことをしても無意味だ。その手は簡単にどけることができる。

だが、浩介はそうはしなかった。さきほどの行為を思い出して、秘部を隠す義姉の手にくちびるを寄せていった。両脚を押さえたまま、義姉の手にくちびるを触れさせる。秘部を覆うのはそのままに、ただ手の甲や指にくちづけし、舐めるだけだ。いつでもその手をどかして秘裂を露わにさせられるのに、強引なことはしないでじっくり構えたのだ。

それぞれの指に沿って舐め上げたり、舌先を尖らせて指と指の間に突き立てたりする。強く差し入れれば秘肉まで届くかもしれないが、そこまではしなかった。指先を舌で引っかけて持ち上げるようにもするが、それも力を加減して無理をしない。むしろ、舌に爪が食い込む軽い痛みを感じているのが愉しい。

そうやって焦《じ》らしながら、義姉が自分から手をどけるのをじっくり待つのだ。言ってみれば兵糧攻めのようなものだが、自分自身を焦らすことにもなって、押さえていた左脚から手を離し、股間を揉みはじめてしまった。

「あはっ……んんっ……」

義姉の口から鼻にかかった悩ましい声が洩れてきた。最初はしっかり指を閉じて秘部を覆っていたが、時折弛《ゆる》んだりするようになったのは焦れてきた証拠だろうか。

浩介は千絵の手だけでなく、白い内腿や下腹の方にも舌を這い回らせていった。手の下からはみ出ている毛先を咬んで、引っ張ったりもする。そして、頃合いを見てまた指の隙間に舌を突き立てた。

何度かそれを繰り返しているうちに、急に義姉の指から力が抜けた、と思った途端、舌先が潜り込んで秘めやかな肉に触れていた。わざと指を開いて迎え入れたのかもしれなかった。そのまままちろちろ蠢かすと、秘肉のぬめりが感じられた。中はかなり溢れているに違いない。

だが、それでも浩介は強行しなかった。隣の隙間に移動して同じように突くと、今度ははっきり指が開いて舌を迎えた。舌先が段差を感じたのは、花びらの境目だったようだ。

やや強く舌を突き出すと、頭上で深い吐息が洩れて、鼻先の抵抗が急に弱まった。千絵が覆っていた手を上にずらしたのだ。舌は秘裂にずっぽりはまり込んだ。やはりそこは夥《おびただ》しい花蜜で溢れ返っていた。

——すごい！　こんなにいっぱい！

饐《す》えた甘みも感じられたが、それ以上に鋭い酸味が舌を刺した。匂いも強く、肌の香りが植物的な甘さなのに対して、いかにも〝牝〟といった動物的な生臭さがある。浩介はこんなに濃厚な淫蜜があるのかと思った。もちろん里香と較べたに過ぎないが、匂いも味も想像を超えていた。

夢中になって舌で掬《すく》い、啜り上げるが、それでもどんどん溢れてしまってきりがない。先週も感じたことではあるが、義姉の性感の鋭さにあらためて驚かされた。

いつの間にか、義姉の手はどこかに行ってしまい、秘部がすっかり露わになっていた。顔を離して見れば、ぽってり充血した花びらが見事に開花して、蜜にまみれた花芯を誇らしげに晒している。花びらは濃いピンク、中は鮮やかなパールピンクで艶やかな光を湛えている。まるで肉色の蘭の花が咲いているようで、思わず見惚《みと》れてしまう淫らな光景だ。

大粒の肉芽はほとんど包皮から顔を出していて、わざわざ剝くまでもない。浩介は義姉がどう反応するか試してみたくなって、その肉突起をぬるりと舐め上げた。その瞬間、千絵の腰がびくっと跳ね上がり、恥骨が鼻を打った。

「はううっ！」

甲高《かんだか》い声が明るい午後のリビングに響き渡った。吃驚《びっくり》して起き上がり、義姉の顔を見ると、背凭れに頭を載せて虚ろな目を天井に向けている。いや、宙を彷徨《さまよ》っているだけのようにも見える。顔中にうっすら汗が浮いて、額や頰には乱れた髪の毛が貼りついている。悩ましい姿が官能の高まりを如実《にょじつ》に表していた。

――すごいぞ、こんなに感じてるんだ！

浩介は全身に自信が漲《みなぎ》るのを感じた。義姉は元々感じやすいのだろうが、少なくとも自分がここまで悶えさせたのは紛れもない事実だ。女を感じさせる愉しみは里香とのセックスでも味わえるし、それなりに上達しているという実感もあるが、感動にも似たこれだけの自信を得られたのは初めてだった。

ぱっくり開いた花びらに触れてみると、たっぷりの蜜にまみれていた。こね回すと卑猥に歪むのだが、指先で滑ってしまって肉の感触は乏《とぼ》しい。前に触った時よりも何だか厚ぼったい感じがするが、その時は直接見てはいないので不確かだった。

浩介は花びらをこねるだけでなく、肉芽も嬲りつくしていった。円を描いたり指先でリズミカルに弾いたり、変化をつけながら刺激した。里香の場合は注意していないと痛がるのだが、これだけ花蜜にまみれているから、少々強くやっても平気だろうと思うと遠慮がなくなる。

実際に、その方が千絵の反応は激しいものになった。頭部が背凭れの向こうに落ちかかって、それでもなお髪を振り乱す。首が折れるのではと心配になるほど大きくのけ反るのだ。舌で攻めるのも愉しいが、視界が狭くなるのが玉に瑕《きず》で、こうして反応を目《ま》の当たりにしながら嬲るのは別の愉しみがあった。

千絵の恰好がまた淫猥さを増幅させている。上はまだ着たままで、下だけ裸というのが何とも猥褻感たっぷりなのだ。しかも、こんな明るい部屋であられもなく乱れているのだからたまらない。できることなら兄に見せつけてやりたいとさえ思ってしまう。

「義姉さん、気持ちいいんでしょ？　ねえ、気持ちいいって言ってよ」

その言葉を聞いてなかったことを思い出して、浩介は溢れる蜜壺に指を埋め、柘榴《ざくろ》の肉壁をさぐった。大粒のざらつきを擦り上げると、千絵の腰が波を打ち、さらに奥から溢れるものがあった。

「気持ちいいなら、そう言ってよ。ここがいいんでしょ？　それともこっちの方が感じるのかな？」

指を抜いて肉芽を嬲ってやると、立て続けの快感に襲われて身悶えするので、内へ外へと素早く指を移動させながら、敏感な二カ所を攻め続けた。千絵は髪の毛をかきむしりながら体を妖しくくねらせる。アクメに向かって急坂を上りはじめたようだった。

「ああぁーっ、や、やっ……やめて……それ……ああぁっ！」

「えっ、本当にやめちゃっていいの？」

浩介は意地悪く言うと、指を引き抜いたまま愛撫を中断してしまった。もちろん焦《じ》らすだけで、やめるつもりは毛頭ない。焦らせばきっと言ってくれる。それは秘部を隠していた手をどけてくれたことからも明白だ。

千絵は子供が寝惚《ねぼ》けて起き出してきたように、何が起こったのかわからないといった様子でぽかんとしている。そこで浩介は、指を二本にして一気に奥まで突き挿《い》れた。

「いやあーっ！　……ん、ん、んんんっ！」

いっそう鋭い悶え声を上げて、義姉が全身を震わせた。腰が大きく波打って、上体は弓なりに反り返った。頭はもう完全にソファの向こうに落ちている。

二本にして指の締めつけがきつくなったが、豊潤な淫蜜が絶妙のぬめりを生んでいるから抜き挿しがどんどん速くなっていく。

もちろん高速ピストンだけでなく、ゆっくり大きなストロークで肉壺の感触を味わうことも忘れなかった。指の付け根まで深く埋め込むと、奥の肉襞が妖しい蠢きとともに収縮し、手前の柘榴のざらつきを擦り上げると、秘孔がひくひくっと強く締めつける。

浩介のペニスはすでに怒張しきっていて、その蠱惑《こわく》的な肉の蠢動を早く味わいたいと、トランクスの中でぬめった涎《よだれ》を垂らしている。だが、摑み出して挿入したい衝動を堪《こら》えるのもまた愉しいもので、自ら焦らしたぶんだけ後の快感も増大するのだ。

義姉の体のうねりが大きくなると、指ピストンも自然に激しさを増した。最も感度の高い、入口付近のざらついた肉襞を指先で捉え、速くて小刻みなバイブレーションで攻め続けた。

「ねえ、気持ちいいんでしょ？　義姉さん、言ってよ気持ちいいって！」

千絵は弓なりに反ったまま全身を震わせていたが、その震えが鈍ったかに見えた直後、がくっ、がくっと腰を大きく跳ね上げた。同時に浩介の指が強烈に締めつけられた。

「あああっ……いっ……いいーっ！」

肉壺は断続的に収縮を繰り返した後、ゆっくりと弛緩していった。浮いていた腰がソファに沈むと、弓反り状態だった上半身も元に戻って背凭れに頽《くずお》れた。

千絵はふくよかなバストを波打たせ、荒い呼吸をなかなか鎮められない。虚ろな目は焦点が定まらず、虚空を彷徨うばかりだ。

アクメに達したのは明らかだが、これほど激しい姿は里香ではありえなかった。感度の差だけではなく、やはり官能の深みを知っている女体は反応が違うのだろう。そして、自分の指戯がそれを導いたことを誇らしく思い、浩介は言い知れぬ感動を味わっていた。

だが、もちろんそれで満足したわけではなかった。痛いほど怒張したペニスが出番を待っているのだ。

浩介は悠然と立ち上がり、ズボンとトランクスを脱ぎ捨てた。ようやく解放されたペニスは、見事に反り返って亀頭が下腹に触れている。先端は洩れた粘液の痕で湿り気を帯びていた。

上も脱ぐつもりでいたが、下半身だけ裸になった義姉の姿を見ると、このまま繋がった方が淫猥な雰囲気があっていいかもしれないと思い直した。

浩介は膝立ちでソファに載り、千絵の手を取って屹立した肉棒を握らせた。細くて柔らかな手指の感触がたまらなく心地よくて、ペニスが嬉しそうにぴくっと反応した。千絵は相変わらず虚ろな目をしていたが、ペニスを握らされると、瞳に妖しい光が宿ったように見えた。今度は手を引っ込めたりはしなかった。

「義姉さん、次はこれで気持ちよくなってよ。指なんかより、こっちの方が好きでしょ？」

「だめよ、こんなこと……ああ、だめだわ……こんなこと、しちゃいけないのに……だめよ……」

呪文のように呟《つぶや》きながら、千絵は握ったペニスを放そうとはしない。それどころか、硬さや太さを確かめるように何度か握り直し、瞳をいっそう潤ませる。もう引き返せないところまで来ていることは、彼女自身も否定できないはずだった。

千絵に握らせたまま、腰を前後に揺らしてしごきを促した。すると彼女は、自分からしごきはしないものの、浩介の腰の動きに合わせて握りを軽くした。手を動かさなくても、それでスムーズな刺激が得られるのだ。しかも、握る位置を微妙に変えて、肉茎だけでなく亀頭の方も気持ちよくしてくれる。

虚ろだった千絵の表情にも変化が現れ、何やら真剣な目つきになってきた。時折、小鼻が膨らむのも、気持ちが入っている証拠かもしれない。そう思うと、よけいに心地よさが増してくるから不思議だ。

先端から透明な粘液が洩れ出て、裏筋を伝って流れた。すると、急に甘美なぬめりが生じて亀頭が膨らんだ。快感の針が大きく振れて、射精の瞬間が近づいたように感じた。

それはすぐに退《ひ》いたものの、このまま続けていては発射が間近に迫ってしまうだろう。それも惜しい気がして、挿入を急ぐことにした。

「義姉さん、横になって」

「浩介くん……だめよ、そんな……ああ……」

いよいよ結合の段になっても、千絵はまだそんなことを口走る。そのくせ促《うなが》されるままに横たわるのだ。だが、頰の火照りがいっそう増して、泣きそうなほど目元を潤ませるのは、やはり禁を犯すことを強く意識しているからに違いない。

浩介もまた、ついに背徳の行為に踏み切ることで、言い知れぬ昂りに襲われていた。

背筋がぞくぞくして、口の中がからからに乾いてくる。胸の鼓動は早鐘を打つようで息苦しい。

仰向けに横たわる千絵は、何かを呟きながら、浩介が覆い被さるのを待っている。その目は遑しく屹立した一点を見つめていた。

浩介がゆっくり屈み込むと、千絵は左脚を真っ直ぐ伸ばしたまま、右脚はソファの下にだらりと下ろした。その間へ浩介が腰を落とし、ソファの上で二人の体が重なった。義姉の脚を気遣うとこの体勢しかなかった。そうしようと言ったわけではないのに、二人とも自然にそう動いていた。気持ちが通じ合ったように感じられて、そのことが浩介はうれしくてたまらない。

ペニスを握って狙いを定めると、先端で秘裂を探った。秘孔の窪みを感じ取ったところで、ぐいっと腰を進めた。

「あっ……」

義姉が顔を逸らして目を閉じた。亀頭が秘孔を割り開くと、喘ぐように口を開いて甘い吐息を洩らした。

浩介は肉の輪に搾られながらペニスを埋め込んでいった。亀頭が入口の強い締めつけを潜り抜けると、あとはスムーズだ。ゆっくりだが一気に奥まで突き入れていく。

「ああ、義姉さん……！」

温かな粘膜にぴったり包まれて、幸福感が漲ってきた。ついに義姉と一つになったのだ。そう思った途端、兄の顔が脳裡に浮かんで烈しい昂奮が全身を包み込んだ。自然に腰が動きだしていた。

ペニスの幹がきゅっと締められて、その奥は軟らかな粘膜にぴったり包まれている。スライドさせるたびに、滑らかな摩擦感と妖しい吸着感に見舞われた。軟らかさのわりに緊縮感がかなり強く、それが心地よい痺れを生むのだ。しかも、微妙な蠕動が感じられる。

「ああ、気持ちいい。奥の方が動いてるよ」

悦びが思わず口を衝《つ》いて出た。義姉は相変わらず顔を逸《そ》らしたままだが、喘ぎ声を必死に押し殺している。

浩介は腰を使いながら、奇妙な感覚を覚えていた。千絵はカーディガンの前がはだけているものの、二人とも上は普段の着衣のままだ。それで裸の腰を絡ませ、濡れた性器で繋がっている。上下のギャップが得《え》も言われぬ淫猥さを醸しているのだ。

しっかり義姉を抱きしめて、腰だけをくいくいっと突き動かすと、その感覚がより鮮明になった。腰から上だけなら、街角で抱擁する恋人同士と言ってもおかしくはない。だが、下半身は剝き出しになって、結合部分が卑猥な濡れ音を立てている。しかも明るい午後のリビングで……。浩介はこの光景を兄や両親に見せてやりたいとさえ思い、腰使いを大きくしていくのだった。

「あっあっ、あっ……いっ……いいーっ……こ、浩介くん……いっ……」

義姉のよがり声は途切れ途切れで、嗚咽《おえつ》のように響いた。ようやく見せてくれた素直な反応だ。浩介はそれがうれしくて、夢中になってくちづけをした。差し出す舌を、義姉はしっかり受けとめて絡めてくれる。唾液を交ぜ合いながら、互いの舌を貪《むさぼ》り合った。

浩介はインナーのタンクトップをずり上げ、ブラジャーのフックを外した。露わにした乳首を摘んでくりくりやると、ペニスを包む粘膜がきゅっと引き締まった。偶然かどうかもう一度やってみると、やはり連動して収縮するのだ。

その感覚をもっとよく確かめてみたくて抽送を止めた。すると、ただ締まるだけでなく、奥の方へ引っ張り込まれる感じがする。指を挿入した時の粘膜の蠢きがさらに強力になったようで、ペニスを絶対に放すまいと、別の生き物がそこに棲息《せいそく》しているかと思わせる動きだった。

いったんその感覚を知ると、抽送を再開してもしっかり感じ取ることができた。実に淫らな蠢動だ。乳首を強く摘んだ方がより強力な緊縮感が生まれ、義姉の喘ぎもその方が激しくなる。

――けっこう強くしてもいいのか。里香とはずいぶん違うな……。

要領を得た浩介は、強く揉み転がしたり引っ張ったりしてみた。少々乱暴かなとも思ったが、まったく平気どころかもっと強くしてもよさそうだったので、千絵の様子を窺いつつ、ぐりぐりと嬲り続けた。

加えてペニスのストロークを深くしていくと、肉襞の引き締まる間隔がどんどん狭《せば》まって、やがて緊縮と蠕動が間断なく起こるようになった。痺れるような官能の波動がどんどん大きくなって、浩介の息も荒く乱れてしまう。

「ああ、義姉さん……すごいよ、これ……ああ、いいよ……」

愉悦の感動を素直に伝えようとしたら、声がうわずってしまった。それでも義姉には充分伝わったようだ。背凭れを摑んでいた手が、浩介の袖を握ってぎゅっと力を込めてきた。

「いやぁ……それ……もっと……ああ、もっと強く……あああっ！」

義姉の求める声を初めて聞いて、背筋を甘美な痺れが走り抜けた。腰使いがまるで制御不能のように加速してしまう。乳房も鷲摑みにして激しく揉みしだいた。

千絵はいっそう甲高いよがり声を上げて、髪を振り乱した。上体が大きく波を打ち、くねる姿が悩ましい。思わずくちづけをして舌を入れると、すかさず絡めて吸ってくれた。

快感が急激に高まって、射精の瞬間がみるみる迫ってきた。切羽詰《せっぱ》まった浩介は慌てて尋ねた。

「義姉さん、イキそうだ。中で平気？」

千絵は眉間に皺を刻んで頷いた。どうしたのか気になったが、考えている余裕はなく、頂上に向かって一気にスパートをかけるだけだった。

ぬめぬめした極上の摩擦感で脳髄まで痺れそうになった。弓反りの肉棒が義姉の中でさらに硬さを増していった。

「あっ、あっ、いっ……いっ……いいわ、もっとよ……もっと……あああーっ！」

搾り出すような義姉の声を聞いた瞬間、浩介は目も眩《くら》む愉悦感に包まれた。ペニスがどくっ、どくっと音まで聞こえそうなほど大きく脈を打ち、夥しい精液を彼女の中に迸《ほとばし》らせた。

およそ味わったことのない至上の快楽だった。長く余韻を引いて、浩介はゆっくりと地上に舞い降りる感覚を味わっていた。その間にも、義姉の媚肉は小さな収縮を幾度となく繰り返した。いまにもペニスが復活しそうな気さえした。

だが、浩介がまだ中に入っているうちに、義姉は彼の肩を押して、離れるように促した。まだ息も整っていないし、表情も官能の名残を留めているように見えたが、気持ちだけはすっかり切り替えてしまったらしい。

「あっ、はい……」

戸惑った浩介は、言葉が見つからないまま、間の抜けた声を洩らしてペニスを引き抜いた。ティッシュボックスはどこだったかと室内を見回していると、千絵は下着とストッキング、パンツを拾い上げて、さっさとトイレに行ってしまった。

残された浩介は、ティッシュを見つけ、満足と不安が入り混じる複雑な気分で後始末をはじめた。

第五章　若茎を這う細い指先

四月の声を聞いて、街を歩く人の服装が一気に明るい色に変わった。浩介も白のカットソーにスカイブルーのブルゾンという爽やかな出で立ちで、並んで歩く小須田里香は、小花をプリントしたライラックのミニワンピースに同系色のショートジャケットを合わせている。手にした小さなアレンジメントとよく似合っていた。

だが、これから二人で兄を見舞うところで、行けばおそらく千絵と会うことになる。それを考えると気が重かった。兄夫婦にはまだ里香を紹介していないし、付き合っている人がいるとも言ってない。だから、付き合っている女の子がいたことを義姉に知られるのも、関係を持ってしまった義姉を里香に紹介するのも、どちらも気まずいことだった。

二人の女性が自分にとってどんな存在なのか、考えようとしても少しもまとまらない。病院に向かう浩介は、里香とおしゃべりしながらも、そのことがずっと頭から離れなかった。

義姉と禁を犯してから一週間、浩介はずっと彼女の気持ちを量りかねていた。二人で一緒に果てた後、千絵は別人のように浩介の心を突き放した。交わりの後始末と身繕いを済ませると、もう二度とこんなことはしないでねと言ったのだ。

——あんなに感じてたくせに……。もっと強くって、自分から言っておきながら、どうして……。

何とも不可解な豹変ぶりに戸惑うしかなかった。それからずっと考えているのに義姉の気持ちはさっぱりわからなかった。電話をしてみようか、あるいは直接訪ねてみるべきか、あれこれ迷っているうちに一週間が経ってしまい、結局はまた義姉の通院日に病院へ行くことにしたのだった。

ところが、昨夜、里香と電話していて見舞いに行く話をしたら、自分も行くと言いだした。何を急にと思ったが、断る理由が見つからなくて、仕方なく駅で待ち合わせることになってしまった。

里香がどうして急に病院に行くと言い出したのか、本当は思い当たるところがあった。彼女はこの頃、急に変わってきた。この頃といっても、いつからかはっきりしていて、病院で義姉のバストに触れ、乳首を覗き見た日、厳密にはその日に彼女のマンションでセックスをしてからということになる。

あの時、里香はいままでにない快感を覚えたようで、濡れ方が激しかったし、挿入した浩介をあれほどきつく締めつけてきたのも初めてだった。それ以降、快楽に目覚めたように体が急にこなれてきた感じがする。

それが彼女の内面にも変化をもたらしたのだろう。浩介に対して一歩距離を詰めたようなところがある。何も人前でべたべたするわけではないが、これまで以上に親密な思いを向けているのは確かだった。

それが兄に会ってみたいという気持ちに繋がったのだろう。〝家族ぐるみのお付き合い〟を望んでいるのかもしれないし、そこまで行かなくても、肉親に紹介してもらうことでより親しい関係になれるという気持ちはあるだろう。それも見舞いについて行くという形なら自然だから、何も身構える必要がなくていい。里香はそう考えたに違いない。

だが、浩介にとってはまったく逆で、構えるなと言う方が無理な話だった。いっそ今日は義姉が病室にいなければいいとさえ思ってしまう。それで浩介はできるだけゆっくり歩くようにしていたが、そんなことでは大した時間稼ぎにもならず、やがて病院に到着した。

五階でエレベーターを降りて、病室の方に曲がった時、看護師とすれ違った。ブルーのアイラインのきりっとした印象のナースだった。

——あっ、この人だ。

いつか兄たちが話題にしていた看護師だと思い出した。何て名前だったっけ、と考えてみたが、そもそもどんな話だったかも忘れている。

「どうしたの?」

振り返って見ているので、里香が怪訝《けげん》そうに訊いてきた。

「ん、何でもないよ」

思い出したところで、たぶんどうでもいいことだろう。それに兄の病室はすぐそこだ、と思って見やると、いきなり義姉の姿が目に入った。ベッドの傍《かたわ》らで椅子に腰を下ろしていた。

その横顔を見て、浩介の脳裡に突然閃《ひらめ》いたものがあった。義姉と里香に対して疚しいものを感じていたが、二人を会わせたくないと思う気持ちとは何なのか、そしてその奥にある義姉への思いの強さを、彼女を見て一瞬のうちに悟ってしまった。疚しさは二人それぞれにというより、義姉に対して強く感じることに気づいたのだ。

ちゃんと恋人がいるのに、あんなことをした――。千絵にそう思われるのが怖かった。必死になって吐き出した思いが全部出任せで、本当はセックスだけが目的だったと思われないだろうか。頭を擡《もた》げた不安が急激に膨らんでいく。

病室の入口に近づくと、哲弘の顔も見えた。二人は黙ったまま向かい合っているが、視線を合わせていないようだった。

千絵が先に浩介たちに気づいて顔を上げたが、それはベッドの足元に立った時で、それまでは何か考えごとをしている様子だった。哲弘に到《いた》っては強張《こわば》った表情のまま、浩介を見てもニコリともしない。里香など視界にも入っていないようなのだ。

――変だな……。

雰囲気が明らかにおかしかった。兄のベッドの周りだけ空気が重く澱《よど》んでいるのだ。だいたいにして、二人がこうして向かい合ったまま押し黙っている姿など、一度も見たことがない気がする

――まさか!?

嫌な予感がして、背筋を冷たいものが走った。義姉があのことを兄に言ったのではないか。何より哲弘の硬い表情がそれを物語っているように思えてならない。

「どうしたの、二人とも黙ったままで……はい、洗濯物。どこに置けばいい？」

浩介は緊張を抑えて言葉をかけ、返事を待たずに洗濯した衣類を差し出した。千絵が退院して以降、母から兄の洗濯物を任されている。

「あっ、こっちに……」

千絵が慌てたように立ち上がって受け取った。それを奥のロッカーに収めると、浩介に椅子を勧め、そろそろ帰ろうかといった気配を見せた。だが、義弟が連れている女の子に挨拶をすべきかどうか迷って、里香の方をちらちら見ている。

義姉に彼女を会わせる疚しさなどすっかり吹き飛んでいたから、浩介は言われる前にそれぞれを紹介した。

「同じゼミの友だちで、小須田さん。ええと、兄貴と……兄貴の奥さん」

緊張して〝友だち〟がややかすれ気味になり、言い方を迷って口にした〝奥さん〟は声が裏返りそうになった。背中に嫌な汗が浮いた。

「はじめまして」

「わざわざありがとう。来てくれて早々で悪いんだけど、わたしはそろそろ帰りますから、どうぞゆっくりしていってください」

千絵も緊張気味に言って、ハンドバッグを手に取った。

「哲弘さん、じゃあまた後でゆっくり話しましょう」

そう言って出ていく義姉を、哲弘は頷くだけで黙って見送った。相変わらず無表情だが、里香がお見舞いだと言ってアレンジメントをテーブルに置くと、ようやく表情を和《やわ》らげた。

兄が大学でのことを彼女にいくつか尋ねると、最初の雰囲気にやや気圧《けお》された反動か、里香は自分からも積極的にいろいろ話して聞かせた。浩介はこの場に里香がいてくれたことを、感謝すべきかもしれないと思いはじめていた。

だが、二人の会話を聞きながら、帰り際に義姉が言った「後でゆっくり話しましょう」が気になって仕方がない。義姉が自分のことをどんなふうに話したのか。無理やり迫られたと言ったにせよ、まさか最後までしたなんてしゃべってはいないだろう。未遂に終わったという話にして、兄にきつく咎《とが》めてほしいと訴えたのならまだ救われる。だが、それでも兄弟関係が気まずくなるのは間違いない。

そんなふうに思い悩んでいるうちに、兄と里香の会話がふと途切れた。すると兄が浩介を見て言った。

「ちょっと疲れたから眠りたいんだけど、いいかな？　ええと、小須田さんだっけ。悪いね、せっかく来てくれたのに」

「いいえ、いいんです。どうかお大事にしてください」

兄は里香に詫びてから、布団を整えて掛け直した。浩介も今日は早く帰りたかったので、兄の言葉はむしろありがたい。来週また来るからと言って、早々に病室を後にしたのだった。

「せっかく行ったのに、あまり時間がなくて残念だったよな」

「ううん、そんなことないよ。千絵さんにも会えたし、やっぱり行ってよかった」

「そうか。そうだな……」

里香は兄夫婦に会えたのが本当にうれしそうだった。部屋に入った時の奇妙な雰囲気については、まったく頓着していないようだ。それよりも、しきりに口にしたのが千絵のことで、とても綺麗だとか、自分もあんな上品な感じになれたらいいと褒めそやした。

素直な感想ではあるが、里香にあまり義姉のことを話題にしてほしくないという気持ちが働いて、そう感じてしまうことに何となく気が咎《とが》めた。

見舞いが簡単に終わってしまったので、二人は来週行く予定にしていた映画を観に行った。その後、里香が情報を仕入れた格安のビストロで食事をしてから、彼女のマンションに帰った。

昨日の電話で泊まっていくことになっており、それは暗黙のうちにセックスすることを意味していた。これまでは、泊まる場合は浩介が言い出すのが常だったが、昨日は里香の方から誘ってきた。彼女の変化はそんなところにも現れている。

「あれ、新しいの買ってくれたの？」

「そう。この前、通販でいろいろ買ったついでにね」

浩介が入浴する時、里香が新品のスウェットを出してくれた。夜もあまり寒くなくなったので、薄手のものを買っておいてくれたのだ。

浩介はバスタブに浸《つ》かりながら、通販のカタログでスウェットを選んでいる時の里香の気持ちを想像してみた。浩介が泊まる時のものだから、性的な連想を伴っていたはずだ。自身の肉体が性的にこなれつつあることを実感しているようだから、羞じらいよりも積極的な気持ちが働いていたのではないかと思う。

そうした彼女の変化が、より明確な形で現れたのは、二人でベッドに入ってからだった。里香の方から起こすアクションがずいぶん多くなったのだ。

「大きくなってる……」

抱き合ってキスしているうちにペニスが膨張してきたので、浩介は里香の太腿に股間を押しつけた。すると、異物感に気づいて彼女がそう言ったのだ。

「触ってみる？」

今日は強《し》いて握らせなくても、自分から触ってくれるに違いないと期待していると、案の定、股間に手を伸ばしてきた。スウェットの上からでも、握られればぴくりと反応してしまう。

「あ、動いた……」

「触られて気持ちいいからだよ」

脈動するのが面白いようなので、わざとひくひく動かしてみせた。すると里香はいっそう興味を示し、何度も握り直して触り心地を確かめる。それでさらに膨張していく様子を、手指でしっかり感じ取っているようだった。

手を取って握らせたことはこれまで何度もあるが、かなり愛撫を施《ほどこ》してやり、性感が高まってからでないと恥ずかしがった。浩介自身も勃起した逞しさを誇示する気持ちが強かったから、こんな半立ち状態のペニスの感触は、里香にとって初めてのものなのだ。

そこで浩介は、早めに直接触らせてみようと、下着ごとスウェットを脱いでしまった。布団の中とはいえ、いきなり生のペニスを突き出された里香は、ほんの少し躊躇《ためら》いを見せ、怖《お》ず怖ずと触れてきた。

「温かい。それに、まだあまり硬くないのね」

「うん。これから里香に硬くしてもらうんだからさ」

「わたしが？」

「そうだよ。握ってみて」

里香は手のひらで包み込むように握ってきた。遠慮がちな握り方が初々《ういうい》しくてたまらない。柔らかな指の感触にもそそられる。だが、これで一気に勃起してしまっては愉しみが半減するので、意識を散らして勃起を遅らせた。

「軽く握ったり、緩めたりすると気持ちいいんだ」

「こう？」

「そう。何回もね」

言われた通り、握ったり緩めたりを素直に繰り返す里香は、ペニスが少しずつ硬くなるのを敏感に感じるようで、手つきがいよいよ真剣になってくる。上下にさするように言うと、ぎこちない動作でしごきはじめた。

浩介は彼女の髪や頬を撫でながら言うだけで、決して手を取ったり添えたりはしない。たとえ手つきは拙《つたな》くとも、里香が自らいじってくれることが何よりの刺激になるからだ。

「そうだ、気持ちいいよ。ああ……」

心地よくて自然に腰が動きそうになるのを抑え、里香を褒める。だんだん慣れてきた彼女は、ほぼ勃起状態に近づいたところで、また硬さや形状を確かめるように何回か握り直した。

そこで浩介は、いきなり掛け布団をめくり返してしまった。里香は反射的に握っている手元を見た。スモールライトでも裸体を見るには充分な光量だから、以前なら目を逸《そ》らすところだが、まったく逆の反応を見せたわけだ。それだけでなく、浩介が何も言わないのに、さっきのしごきを再開する。

里香の変貌というか、成長ぶりに驚かされ、感心させられた。彼女への愛撫はとりあえず保留して、いろいろやらせてみる方に興味をそそられた。

「ちょっと、そっちに行ってみて」

浩介は仰向けになって、里香を脚の方へ移動させた。里香はベッドから落ちないように彼の下半身のあたりに蹲《うずくま》った。すると、顔の前にちょうどペニスが来る。彼女は逞しく膨張した肉棒をそっと握り、やや含羞《はにか》んだようだった。以前のようにペニスを見たり触ったりすること自体にではなく、平気で触れるようになった自分に羞じらいを見せたのかもしれない。

「さっきみたいにしてくれないか」

里香は何度か握ったり緩めたりしたが、すぐにしごきはじめた。その方が効果的と思ったのか、あるいは手でしごくこと自体が愉しいのかもしれない。

浩介にしてみれば、その手つきを見るのもまた愉しかった。ぎこちなさの中に真剣さが伝わって、晩生《おくて》だった里香が淫靡な行為に慣れていく様子を象徴している。自分がそんなふうに成長させているのだという自信が湧き上がり、ペニスはますます雄々しくそそり立っていくのだった。

「何か出てきた。ねえ、何か雫みたいなのが出てきたよ」

先端の割れ目から透明な粘液が洩れ出るのを見て、里香が興味深そうな声で言った。初めて見たわけではないはずだが、いままでは受け身だったから気づかなかったのだろう。精液ではないそれが何なのか、教えてほしそうに浩介を見ている。

「それはぬるぬるしてて、里香の中に挿《い》れやすくするための汁だよ。指で触ってみればわかるよ」

「へえ、そうなんだ」

里香は感心したように言い、玉になっている粘液に指でちょんと触れた。途端に快感が走り抜け、ペニスがぴくっと震えた。呻きが洩れそうになったが、かろうじて呑み込むことができた。

ペニスの反応が面白かったのか、里香はもう一度触れてきた。ぬめり気を確認するつもりか、玉が崩れてしまったのを亀頭の先端に塗りつけるように、指先でくるくる円を描く。さらに数倍の電流を流されたようで、今度は本当に呻き声が出てしまった。

「ううっ……」

里香は何も知らずにやったのだが、敏感な先端を容赦なく攻められてはやむをえない。ちょっと情けない声だったと思うが、彼女はそんなことよりも、ペニスの反応に夢中になっている。さらに粘液が洩れたのだ。しかも量が多い。

「また出てきた。何だか面白い」

喜色に充ちた声で言い、それをまた塗りつけていった。量が多くなったぶん、先端だけでなく亀頭全体にまぶすことができる。裏筋から雁首の方までぬるぬるにされて、浩介は思わぬ快感に身悶えた。腰が勝手にくねってしまったのだ。

巨大なそら豆のような亀頭がすっかり粘液にまみれ、ぬめぬめと光っている。淡いセピアにも似たスモールライトの薄明かりが、肉の色をくすませて鈍い光沢を生み、いっそう淫靡な色合いを映し出すようだった。

「それ、気持ちよすぎ……」

吐息混じりのかすれ声が、里香をますます活気づけた。あとから溢れる粘液を、なお熱心に塗りつけるのだ。

「そこを握って、軽くね……」

「これでいい？」

ぬめぬめになった亀頭を握るように促すと、里香は言われた通り手のひらで包み込む。すると、ぬめり感が自然にそうさせたのか、ぐにゅぐにゅと揉みあやしはじめた。

浩介は何も言ってないのに、またも意表を衝く攻撃を受けてしまったのだ。

「うっ……あ……あっ……」

里香が軽くしごいただけで、快美感が螺旋を描くように急上昇した。射精の瞬間があっと言う間に迫ってしまった。

「あっ、出るよ……こぼさないで！」

噴き上げる予感がして慌てて言うと、里香はぬめった亀頭全体をぎゅっと握ってくれた。さらに強い刺激を受けて、甘美な閃光が目の前で弾けた。白濁液が迸《ほとばし》り、それが極上の潤滑液になって目も眩《くら》む快感が襲った。浩介は強く握り込んだ里香の手に向かって、激しく何度も腰を突き上げた。体が快楽を求め、腰が勝手に動いてしまうのだった。

逞しい爆発を目の当たりにして、里香の息遣いも荒い。言われた通りこぼすまいと懸命に握っているが、噴出する精液は夥《おびただ》しく、指の隙間からどくどく溢れ出てしまう。料理を得意とするしなやかな手が、牡の吐液でどろどろになっていった。

官能の大波が退きはじめるのを待って、浩介は体を起こした。里香は精液がべっとり付着した手のひらを広げ、昂奮の面《おも》持ちで見つめている。ペニスにもどろりと滴って、やや黄色みを帯びた白濁液が、漆黒の性毛に鮮やかなコントラストで斑模様を描いている。

「拭《ふ》かなきゃ。垂らさないように気をつけてな」

浩介に言われ、里香は我に返ったようだった。ティッシュを何枚も抜き取って、手のひらを丁寧に拭《ぬぐ》った。浩介はペニスを拭くのにティッシュをもらおうとしたが、里香にやらせてみようと思い直し、そのままにしておいた。

「こっちも拭いてくれないか」

「えっ、わたしが?」

「そうだよ。いいじゃないか、やってくれよ」

射精後のペニスの後始末などやったことがないのに、里香は嫌がることなく素直に頷いた。指先で摘むように肉茎を持ち上げ、根元の方からそっと拭き取っていく。

その手つきはやさしく丁寧だが、初めてとあってなかなか巧く拭けずに苦労している。その間怠《まだる》っこしさが、浩介の心をくすぐった。

幹の部分より亀頭の方が難しく、さらに時間がかかったが、拭くというよりティッシュに吸い取らせた方がいいと気づいて、ようやく始末を終えることができた。

手間取ったせいで、いじり回されたペニスは芯が通ったまま、萎えることなくぽってり太っている。里香は名残惜しそうに手の上に載せたままにしている。その瞳が昂奮の色を留めて潤んでいるのを見て、浩介はあり余る欲望がまた膨らみはじめるのを感じた。

「今度は口でしてくれないか。まだたっぷり溜まってるんだ」

フェラチオは最近ようやくしてくれるようになったが、ほんの形ばかりというか、ただ咥えるだけで技巧も何もない状態だから、それでイッたことはまだない。今日ならいろいろ仕込めると踏んで言ってみたところ、里香は少し躊躇《ためら》いを見せてから、意を決したようにペニスにくちびるを寄せてきた。

幹の裏側に柔らかなくちびるが触れた。同時に鼻先も触れ、温かい鼻息が肉茎をくすぐった。浩介は亀頭を含む前に舐め回してほしくて、感じやすい場所を指で示した。

「このへんを舐めてみて」

「舐めるの？」

ペニスを口に含むのだけがフェラチオと思っているらしく、そうではないことをまず教えなければならない。とはいっても、浩介も舐められるのは初めてなので、どんな感覚なのか期待が膨らむばかりだ。

指で示したのは亀頭の裏筋。とりわけ敏感な箇所だから、可憐な舌が遠慮がちに触れただけで、何とも甘やかな痺れが下腹に拡がった。

肉棒がひくっと蠢いたのにやはり興味を引かれたか、舌の触れ方に少しずつ躊躇いがなくなる。触れるというより、文字通り舐める動きに変わっていくのだ。ペニスの反応も顕著で、彼女の手の中で硬く太く変化する。それで舐め方がますます積極的になるという相乗効果によって、里香はみるみるうちに慣れていった。裏筋だけでなく亀頭の縁や雁首の括《くび》れ、そして幹の部分まで、浩介が示す通りに素直に舌を這わせ続けるのだった。

荒くなった里香の息がペニスにたっぷり吹きかかり、その温かな息がしだいに熱いものに変わっていく。くすぐられるような心地よさが舌の刺激と重なって、ペニスは逞しく屹立していった。いったん精液を拭き取ったのに、もう唾液でべとべとだ。

「口に咥えてみて」

浩介はそろそろ口に含んでほしくなってそう言った。すると里香は、今度は躊躇うことなく咥え込んできた。フェラチオがどういうものかわかるにつれ、ペニスを硬く大きくさせることが面白くなってきたのかもしれない。

　里香のこれまでのやり方は、ただ咥えて頭を上下に動かすだけだった。それがいまは、舌を肉棒に密着させながらスライドしている。言わなくても自然にそうするのは、しばらく舐めさせたことが効いているに違いなかった。

　ショートヘアの里香だから、咥えた口元も膨らむ頬も浩介からはっきり見える。こちらを気にして時々ちらちら見るので、上目遣いの視線に烈《はげ》しくそそられてしまった。

「ああ、すごいよ里香。気持ちいいよ。最高だ……」

　浩介の言葉に気をよくしたのか、上下するスピードが速くなった。調子が出てくると、口の窄《すぼ》め具合も自然に呑み込めるようだ。強過ぎもせず弱くもない、巧妙なタッチに少しずつ近づいていった。

　——このぶんだと、どんどん巧くなるかもしれないぞ。

　フェラチオを仕込む愉しみを知った浩介は、里香とのセックスがこれからますます刺激的なものになっていく予感がした。

　だが、そう思う心の奥では、義姉のことでにわかに膨らみはじめた不安を、どこかに遠ざけたいという心理が働いていたのかもしれない。言ってみれば、不安から逃げ込む先が里香とのセックスということになる。それをはっきり自覚したわけではないが、里香の肉体に没頭していくうちに、昼間病院で感じた不安や恐れが霧消していくのは確かだった。

浩介がフェラチオをさせたまま、里香の腰を引き寄せると、少し躊躇う気配を見せた。後ろ向きにヒップを突き出す体勢が恥ずかしいのだろう。だが、拒むわけではなく、結局は浩介に従った。パジャマのヒップが顔の横に来て、シックスナインの体勢に近くなる。

すかさず脱がせにかかり、白いパンティを剝き出しにした。見るとクロッチ部分にポツンと小さな染みが付いている。

——もう濡れてるのか。手コキとフェラだけで、まだ何もしてないのに……。

里香の体がいつになく淫靡な匂いを放っているように感じられたが、あながち気のせいではないかもしれない。浩介はパンティをめくり下ろし、パジャマのズボンと一緒に脱がせて両脚から抜き取った。

里香は秘部を剝き出しにされて恥ずかしそうにもじもじするが、ペニスを口から吐き出したりはしなかった。脚を持ち上げて跨《また》がせると、女上位のシックスナインの体勢になった。

いままでこんな体勢を取ったことがなく、目の前に開けた光景は、浩介が初めて見るものだった。フェラチオそのものが最近やるようになったばかりで、シックスナインは初めてなのだ。それがいきなり里香を上にした刺激的な体勢になって昂奮もひとしおだ。

剝き出しの尻を突き出す恰好は何とも卑猥で、仰向けにした時よりも秘部がはっきり見えた。薄明かりの中で、秘裂が割れて中から花びらがのぞいている。その縁が微かに光を帯びて、花芯の潤いを教えていた。

溝に沿って指を這わせると、中から蜜がこぼれるように溢れ出た。ちょっと指でかき回しただけで、肉びら全体が蜜にまみれてぬるぬるになってしまう。さらに指を伝って滴り落ちてきた。

浩介が愛撫を始める前からこれだけ濡らしているとは意外だった。やはり最近の里香の肉のこなれ具合にはめざましいものがある。少しだけのぞいていた花びらは、実際にはかなり充血していて、ちょっといじっただけで惜しげもなく開花していった。

薄明かりの下で、その淫花は妖しい彩りを見せている。実際は綺麗なピンク色をしているのに、セピアに近いスモールライトによって褐色のくすんだ肉色に染められ、蜜の鈍い光が湿地の匂いを運んでくるようだ。窪みにある昏《くら》い小さな穴は底なし沼を思わせ、ほんのちょっと押しただけの指を、本当にずぶずぶ呑み込んでしまった。

「んむうっ……んんっ……」

里香がくぐもった声を洩らしたかと思うと、ペニスに歯が当たった。窄めていたくちびるが緩んで、溜まっていた唾液が肉茎を滴り落ちたようだった。

浩介は埋まった指で濡れた粘膜をさぐりながら、ゆっくり抜き挿しをはじめた。饐《す》えたような特有の匂いが漂ってくるが、千絵に較べたら遥かに淡泊だ。生硬さを残す肉壺は、それでも前よりだいぶ軟らかくなっている。柘榴のような粒々は、千絵より小粒だが、嬲った時の反応はやはり鋭いものがあった。

「あはっ！　……あん！」

里香の口がペニスから離れてしまい、根元を手で握るだけになった。フェラチオがままならないほど感じてしまった様子なので、もう少し穏やかな愛撫にしてやると、再び咥え直してきた。

蜜壺から指を抜いて花びらを揉み回してみると、小ぶりだがしっかり開いた肉びらが、指の下で捩《ねじ》れて卑猥な形に歪んだ。それが溜まった花蜜を搾り出す結果になって、淡い毛叢の方まで滴り流れていった。

浩介は指を揃えて秘部全体にべっとり淫蜜を塗り広げ、さらに内腿や肛門にまで塗りたくっていった。肛門に触れると、放射状の皺が羞じらうように窄まって、おしゃぶりがまた中断してしまう。里香はヒップを揺らしていやいやをした。

「何だ、恥ずかしいのか。本当は感じるんじゃないのか？」

「んんんっ……んむうっ……」

里香はペニスを咥えたまま否定したが、感じているのは明らかだ。試しにもう一度、今度は指先で皺をかくようにいじってみる。そうすると、アヌスはおろか双臀までがきゅっと窄まり、とろりと洩れた花蜜がまた性毛まで滴り流れた。

触られた感覚だけでなく、羞恥が性感を高めているのだろう。浩介は意地悪な気分になって、なおもアヌスをいじり続けた。

「ああ、いやっ！　それ、やめて……恥ずかしいの……あああーっ！」

里香はまたペニスを吐き出してしまい、ヒップを振って逃れようとする。もうフェラチオどころではなくなった。浩介は腰を抱《かか》え込んでそれを阻み、執拗に嬲り続けた。里香の羞恥を煽るのが愉しくて仕方ないのだ。

力を込めて腰を抱えたから、里香は彼の胸の上にぺたりと腰を落としてしまった。浩介の目の前に、秘部が特大のアップで迫ってきた。舐めてほしいと言わんばかりの至近距離なので、思わず舌を伸ばしていた。

秘裂の蜜を掬い取って味わうと、淡い酸味が舌に触れた。味覚はいたってまろやかで、刺すような刺激は少しもない。それでもいつもよりやや濃い感じがするのは気のせいだろうか。

浩介はもうフェラチオは無理と見極め、肛門を指で嬲りながら、小さな肉真珠を剝き出して舐め上げた。

「あひぃーっ……あんっ……あんっ……」

里香はがくがく腰を震わせて喘ぎまくった。それをしっかり押さえ込んで、敏感な突起を逃がさないようにした。鼻先からくちびるの周りを里香の淫蜜でべとべとにしながら、思う存分悶え狂わせてやる。

「あーん、いやよ！　それ、だめぇ……！」

甘い声がいっそう鼻にかかって部屋中に響き渡った。快感に打ち震える里香は、とうとうペニスを手放してしまい、シーツを摑んで体を支えている。それでもペニスは怒張したまま、雄々《おお》しく里香を威嚇していた。

浩介はバックから挿入したい気分だった。里香が恥ずかしがって好まない体位だが、きっと今日は大丈夫だろうと思った。

彼女の両脚の下から這い出るように起き上がると、そのまま背後に回り込んだ恰好になった。屹立したペニスを握りしめ、肉壺の小さな穴に狙いを定める。秘裂はすでに濡れ開いているから狙いやすい。亀頭を窪みにあてがい、腰を突き出してじわじわ埋め込んでいった。

里香はシーツに顔を押しつけて、洩れそうな喘ぎ声を押し殺した。浩介がストロークを開始するといっそう乱れてしまい、ベッドに押しつけた隙間から、くぐもった声が洩れてしまう。いったん洩れると歯止めが利かなくなり、声を押し殺すこともなく喘ぎまくるようになった。

里香はバックからのインサートを拒みはしなかったが、やはり羞恥に苛《さいな》まれているようで、首を左右に振りはじめた。動物的な体位だから、屈辱感が羞恥に繋がっているのだろう。

だが、浩介の方は逆で、ケダモノの交尾のイメージが昂奮を煽っている。昂れば昂るほど腰使いが荒々しくなっていくのだ。

「あっ……あっ……あんっ……んんっ……」

里香の喘ぎが切れ切れに響いた。上体はすっかりベッドに突っ伏してしまった。背中が弓のように反り返り、尻だけを高く突き出した恰好が卑猥さを醸している。

浩介は何かを振り払うような激しいストロークで突きまくるが、里香の尻だけが持ち上がっているので、前に突き出すというより、上から突き込む感じに近い。彼もしだいに前に倒れ込みそうになって、なかなかバランスを取りにくい。

仕方なく結合を解いて、いつもの正常位に替えて挿れ直した。この方が慣れているので、思う存分突きまくることができる。結合のイメージはノーマルだが、勝手がわかるぶんだけ、いつになく激しいピストンも可能だった。大きなストロークで抉ったり、奥まで突き入れてマシンガンのように小刻みに腰を叩きつけたりもした。

一度射精しているだけあって、快感の立ち上がりが緩やかだった。それが激しい腰使いを可能にしているとも言える。

こんな荒々しい抽送は初めて経験する里香だが、こなれてきた牝肉がそれを受け容れていた。むしろ乱暴なピストンでちょうどいいくらい濡れていると言った方が妥当かもしれない。

浩介は抽送を続けながら里香にくちびるを重ね、パジャマの上も脱がしていった。剝き出した乳房を鷲摑み、揉みしだくと、里香の喘ぎがいっそう大きくなった。揉みながら指で乳首を転がすと、途端にペニスの締めつけが強まって、甘美な電流が湧き起こった。

もっと気持ちよくなるかもしれないと、摘んでぐりぐり揉み回してみたところ、千絵にやった時の感覚が残っていたのだろう、調子に乗って強くやり過ぎたと思って焦った。ところが、里香は前みたいに痛がることはなく、むしろ締めつけが増してペニスが悦びの悲鳴を上げたくらいだ。

快楽の指針がしだいに大きく振れて、射精欲が高まってきた。浩介はこのまま一気に頂点を極めようとピッチを上げていった。

と、不意に今日が安全日でないことを思い出した。昨日の電話で里香が見舞いに同行することになり、その延長で泊まることにしたのだが、元々会う予定から外していたのはそのせいもあった。コンドームを使うのはどうも面倒なのだ。

浩介は外に出すことにして、そのまま腰を振り続けた。快感がますます高まって、射精の瞬間が迫ってきた。里香も間断なく締めつけるようになり、アクメが近いことを教えている。

いっそう激しく抽送して、切羽詰まったところで思いきってペニスを引き抜いた。弓なりに反った剛直のペニスが里香の中から抜け出た瞬間、ぶるんっと身震いして、白い塊を噴き上げた。

肉茎を握る暇もなく発射されてしまった白撃弾は、里香の乳房をかすめて顎からくちびるにかけて着弾した。二波、三波と続いた波状攻撃で、乳房から下腹まで万遍なく被弾して、里香の体は初夏の森のような噎《む》せ返る匂いに包まれた。

彼女もアクメを迎えられたようで、ぼんやり焦点の定まらない目で天井を見上げている。里香がこれだけの快感を味わえるようになったことは、浩介にとっても意味が大きい。女の快楽に目覚めさせ、晩生の彼女を一人前にしてやれたようで、義姉をものにしたことも含めて大きな自信になるような気がするのだ。もっとも、いまは義姉のことは考えたくはなかったが……。

その義姉が浩介のアパートを訪ねてきたのは、二日後のことだった。

「用事があって近くまで来たんだけど、ちょっとそちらに寄っていいかしら」

千絵から電話があったのは土曜の午後、そろそろアルバイトに出かけようかという時刻だった。義姉がこの部屋に来るなんて、思いもしない突然のことで戸惑ってしまった。バイトの時間も気になった。何より一昨日のことがあるので、来たこともない浩介のアパートを訪ねる義姉の目的が何なのか、不安を感じないわけにはいかない。

だが、どういう理由で訪ねてきたにせよ、断るという選択肢は最初からなかったのだ。咄嗟にアルバイトをどうしようかと考えると、義姉に近所のわかりやすい場所を説明して、五分くらい待つように伝えた。

それからすぐにアルバイト仲間に電話をして、代わってもらえないかと頼み込んだ。以前、浩介の方が代わってやったことがあるので頼みやすかった。「女だろ？」と図星を指されて焦ったが、何のことはない、その相手が頼んできた時の理由というのが急に決まったデートだったのだ。

それには曖昧に応え、承諾してもらって急いで外に出た。教えたコーヒースタンドの前のベンチに千絵は座っていた。膝丈のスカートに大きなネット柄のストッキングは、膝の手術痕を気にしてのことだろう。

浩介の姿を認めると、やや硬い笑みを浮かべて立ち上がった。もう杖は持っていない。そう言えば一昨日はどうだったかと思い出そうとしたが、杖のことは記憶に残っていなかった。それだけ動転していたということだろう。

「ごめんなさいね、急に来たりして」

「ううん、かまわないよ、どうせ今日は暇だったから。それより、こっちの方までなんの用事だったの？」

「ええ。ちょっとね……」

横浜の方に友だちがいるという話は聞いたことがなかったし、手に提《さ》げているのは小さなバッグ一つだけで、ショッピングのついでという雰囲気でもない。もしかして、浩介のアパートを訪ねる目的で出てきたのではないかという気がした。

義姉弟で禁を犯したことに関わっているのは当然として、いったいどんな話をしに来たのか、考えると胸が騒いで落ち着かない。まるで判決の日を迎えた被告人のような心境だ。

——何のために？

浩介は義姉をアパートに連れて帰り、紅茶を淹《い》れて出した。彼女も何やら落ち着かない風情で浩介の動作や部屋の様子を見ていたが、出された紅茶に口を付けると、ゆっくり呼吸をしてから切り出した。

「本当は浩介くんの気持ち、前から気づいていたの」

「えっ……」

意外な言葉に、一瞬思考が止まった。驚いたのはもちろんだが、そこからどんな話になるのかさっぱり予想がつかないのだ。

「高校に入った頃か、二年生の頃だったか……わたしを見る目が変わってきたのよね。どう言えばいいのか、視線に熱いものを感じるようになったのね。嫌じゃなかったわよ、浩介くんはいい子だし、気を利かせてわたしの好きなラ・フランスを買ってきてくれるような、やさしい子だし。あれ、美味しかったわ」

ちゃんとわかってたんだ、と浩介は思った。見舞いに持っていったラ・フランスに気持ちを込めていたのに、何の反応も見せなかった義姉。しかし、態度に表さなかっただけで、本当はわかってくれていたのだ。うれしさがじわっと湧いてきて、彼女の穏やかな口調にも心が少し落ち着いた。少なくとも、咎《とが》め立てたり責めたりするつもりで来たわけではないようだ。

「わたしも浩介くんのこと、好きよ。でも、それは哲弘さんの弟としてであって、それを抜きにして考えることはできないでしょ。だから、いくらわたしのことを思ってくれても、どうしようもないことなの」

諭《さと》すようにゆっくりと、誠実に話す千絵の声は、どこか哀しそうな響きを含んでいた。浩介はどうにもならない気持ちを抱えてしまった自分を哀れに思っているのかもしれないと感じた。

「でもさ、これは感情の問題なんだから、どうしようもないと頭でわかっても、心が言うことを聞かなければしょうがないじゃないか」

「確かにそうね。でも、だからってわたしにはどうすることもできないわ。浩介くんは、わたしにどうしてほしいの？　まさか、離婚して一緒になってくれなんて言うんじゃないでしょうね」

「それは……」

そこまで言われると返す言葉がない。そんなことは考えたこともない。だったら自分は何が望みなのか――。

「それとも、いまのままの状態で、ただ体の関係を続けたいというわけなの、義理の姉弟のままで？」

ようやく問題の核心に近づいたところで、千絵の声が微かに震えたようだった。義姉に迫った直接の理由が肉の欲望であることはわかりきっているが、ただセックスしたいだけではなく、ずっと胸の奥に抑え込んできた思いを受けとめてほしかったのだ。そのことだけは浩介の中でもはっきりしている。

だが、思いを受けとめるとは、いったいどういうことか――？

「ただ体だけが目的であんなことしたわけじゃないよ。そうじゃなくて……」

「他になにが？」

「僕の気持ちを受けとめてほしかったんだ。離婚とか、そういうことじゃなくて、僕が義姉さんをどれだけ思ってきたか、それをちゃんと受けとめてほしいんだ」

「受けとめて、それでわたしは、どうすればいいの？」

「どうって、それは……」

二人が辿り着いたのは同じ場所だったが、そこに答えは用意されていなかった。まるで行き止まりの壁に貼られた白紙を見上げているようだ。浩介はやるせない思いを抱えきれず、テーブルに突っ伏してしまった。

またも思考が停止してしまい、今度は時間が止まったまま進まなくなったように感じられた。

「浩介くん」

ふと義姉の手が後頭部に触れた、と思ったらそっと髪を撫でてくれた。慈《いつく》しむようなやさしい撫で方だった。浩介は懐かしいものに触れた気がして、胸の奥にふわっと温かいものを感じた。千絵が本当の姉で、幼い頃にこうやって撫でてもらったのを思い出しているような感覚だった。

顔を上げると、義姉と目が合った。少しだけ眉を顰《ひそ》め、大きな切れ長の目が真っ直ぐ彼を見つめていた。瞳の微かな翳《かげ》りは、手に余る困りごとを抱えたようでもあり、何か哀しみにじっと堪《た》えているようでもあった。

浩介の胸はせつなさで締めつけられ、喉の奥から熱いものが込み上げてきた。それは千絵に対する渇望に他ならない。だが、肉の欲望とも言いきれない、千絵そのものを強く求めるものだった。

体の奥の何かに衝き動かされたようだった。気がつくと浩介は、義姉を両腕でしっかり抱きしめていた。

「浩介くん……」

退院の日に世田谷のマンションまで送っていって、玄関で抱きしめた時のことが脳裡に甦った。あの時の千絵の声と、緊張している点は同じだったが、いまは戸惑いがあまり感じられない。浩介の行為をある程度は予測していたようでもあった。

彼女の体にもあまり力が入っていない。体を預けたりはしないが、拒んで逃れようともしない。ただ、動かずにじっといるのだ。

「義姉さん、お願い。このまま……」

口の中がからからに乾いて声がかすれた。見た目とはずいぶん違う肉感的な体が、腕の中で息を詰めている。浩介はただこうしてずっと抱きしめているだけで、至福の時を味わえる気さえしていた。

不意に千絵の体に変化が現れた。詰めていた息を吐き出すように弛緩して、浩介の方に重みが傾いたのだ。寄り添う感じで胸板に頬が触れ、甘い髪が匂う。千絵の手が彼の太腿の上にそっと置かれた。

——えっ？

いま何が起きているのか、浩介は理解できないまま、体中が熱く疼きはじめるのを感じた。触れられた太腿だけでなく、両腕から胸元や腹部、それこそ鼻先まで、到《いた》るところが痺れるような熱を帯びてくるのだ。もちろん股間にも甘美な電流が流れ込み、じわりと太りはじめている。

義姉が腕の中でしだいに息を荒くしていくのが伝わってきた。浩介の呼吸も乱れてしまう。口の中が完全に乾き、息苦しくて喘ぐようになってしまうのだ。胸の鼓動も早鐘を打つように響いている。

千絵が胸元に触れる頰をさらに強く押しつけてきて、抱擁する腕に自然と力が籠もった。柔らかな肉がたわむように感じられ、義姉を抱きしめている実感がさらに強くなった。

すると、千絵がおもむろに顔を上向けた。揺らいだ瞳が熱く潤んでいて、自分を求めているように思えてならない。浩介は躊躇《ためら》うことなくくちびるを重ねていった。

千絵はわずかに体を震わせながら、小ぶりなくちびるを押しつけるようにした。浩介は全身の血が沸騰したかと思うほど、烈《はげ》しい昂りに襲われた。抱きしめた背中や腰、肩、さらには髪を夢中になって撫でさすっていく。身を硬くして震える千絵は、腕の中でしだいに柔らかくなっていった。

くちびるの隙間からほんの少し舌を出すと、千絵もすぐに触れてきて、瞬く間に濃厚なディープキスになる。乾ききった口腔にみるみる唾液が溢れてくる。二人の舌は縦横に絡み合い、熱い息と唾液が溶け合う官能の海を泳ぎ回った。息遣いもますます荒くなっていった。

ところが、浩介は昂奮の中にも一抹の戸惑いを覚えていた。千絵は彼のことを兄に告げ口したのではないのか。二度とこんなことはしないでねと言ったのは彼女自身だし、それはつい先週のこと。なのにどうしてこんなふうに自分を求めるようになったのか。何より、さっきまで彼を問い質《ただ》していたではないか。そのことが小さな棘《とげ》のように心に引っかかっていた。義姉にいったい何があったのか——。

そんな戸惑いを裏打ちするように、千絵もただ彼を求めるだけでなく、内面の葛藤を垣間見せた。盛んに舌を絡め合ったかと思うと、不意にくちびるを離して顔を背けてしまったのだ。そして、まるで何かを振り払おうとするように、小さく首を振る。

浩介はいったん自分の方を向いてくれた義姉が、再び離れていってしまうような不安を覚えた。

「義姉さん……」

背けた千絵の顔を支え持って、頬を擦り寄せた。彼女の頬は垂れた髪に覆われていて、ざらついた感触がくすぐったい。その髪の上から頬にくちづけると、肌と髪の匂いが混じり合って鼻腔に侵入した。

不安と昂りがない交ぜになって、体中の血を炙《あぶ》るように沸き立たせる。毛叢を薙《な》ぎ払うようにじわじわ膨らみ続けていた肉棒は、やがてズボンの股間を盛り上げるほどになり、圧迫感がどんどん強まっていく。

千絵は相変わらず息を荒らげたままだが、不意にまた彼の太腿に手を置いた。今度は隆起した股間の間近という際どい位置で、浩介の腰がわずかに動いただけで硬い盛り上がりに触れてしまった。

ほんの少し接触しただけなのに、甘美な電流が走って腰がひくついた。すると、わずかな間を置いて手の甲が股間に触れた。偶然ではない、明らかに意志の籠もった動きだった。

むず痒い疼きがさらに肉棒を逞しくして、腰が無意識のうちに前に出てしまった。するとと千絵の手が這うように動いて、触れていた甲が指に変わった。と思う間もなく手首が返り、手のひらが包むように隆起を覆ってきた。

——あっ……。

ペニスがずくりと脈を打ち、浩介の口から吐息が洩れた。

千絵の息遣いはさらに乱れて、ほとんど喘ぐようになっている。が、手のひらは股間を覆ったきり固まってしまった。一歩踏み出したところで再び逡巡したようだ。それでも浩介は、ズボンと下着越しにもかかわらず、義姉の手の柔らかさを感じ取っていた。ペニスがまたひくっと蠢いて、先端から洩れ出るものがあった。

千絵もその脈動を感じたに違いない。喘ぎを抑えるように何度か深い呼吸をすると、かすれた声で言った。

「はしたない女だと、思わないでね。だめなのよ、わたし……」

葛藤を振り払う言葉とともに、固まったままだった手が股間をそっと握り込んできた。甘やかなさざ波が下腹全体に拡がって、ペニスはますます硬さを増していった。

「思わないよ、そんなこと……絶対思わない。ああ、義姉さん！」

千絵は隆起した肉棒の大きさや硬さを確かめるように、さすったり握ったりした。その逞しさに圧倒されたのか、吐息を震わせて喘ぐと、ぎゅっと強く握り込んできた。そして、顔を仰のけてくちびるを差し出した。

浩介はすかさずくちびるを重ね、舌を潜り込ませた。それを迎える千絵の舌と激しく絡み合い、貪《むさぼ》るように唾液を啜り合った。さきほどまで感じていた戸惑いは、すでに官能の波に呑み込まれていた。

千絵は濃厚なキスを交わしながら、浩介の強張りを盛んに揉み回している。いきり立ったペニスはたらたらと滲泄液《しんせつえき》を洩らし、トランクスを湿らせていた。その量が増えるにつれて、下着がぬるぬるになって心地よさが増幅する。千絵は堰を切ったような激しさで浩介を圧倒しはじめていた。

抱きしめる義姉の体が急に重くなったように感じられた。千絵がぐいっと体を預けてきたのだ。浩介は押されるまま後ろに傾斜して、仰向けになろうとした。だが、彼女はそのまま上になるのではなく、両腕からすり抜けてしまった。

「義姉さん？」

彼の声には応えず、隆々と盛り上がった股間を見つめながら、千絵はおもむろにベルトを外しにかかった。そして、何かに憑《つ》かれたようにジッパーを下ろし、ズボンの腰に手をかけた。

浩介は自分からズボンを脱ぎ、トランクスも下ろしていった。逞しく屹立したペニスを義姉の目に晒すと、再び仰向けになった。

傾いた午後の日射しが、漆黒の毛叢から突き出た肉棒を照らした。褐色の幹の部分は筋を浮かせて逞しさを強調しているが、亀頭は濃いピンク色でまだまだ初々しさを残している。そのギャップが義姉の目にどう映っているかわからないが、粘液に濡れた艶やかな光沢が淫らな匂いを放っているようだ。

「すごいわ、こんなになってる……」

千絵は吐息混じりの声で言い、ペニスに手を伸ばしてきた。

第六章　身悶えする義姉の恥態

義姉の白い指が幹の部分に触れた。浩介はその柔らかな感触に、身震いしそうな感動を覚えた。

——義姉さんが、触ってくれた！

ペニスを千絵の手指で触られる感触はすでに知っているが、触らせたのと彼女が自分から触ってくれるのとでは雲泥《うんでい》の差があった。つい数分前までは、よもやこんなことになるとは思ってもみなかった。

千絵は節《ふし》くれだった肉茎をさすると、指を揃えて手のひら全体で包み込んだ。ペニスはすでに屹立していて、亀頭は指先からはみ出し、睾丸も手のひらに収まりきらない。彼女はその長さや太さを堪能するように、手のひらでゆっくり揉みあやしていった。軽いタッチが実に心地よい。

亀頭の裏側にも指先が届き、触れたり離れたりを繰り返した。微かに触れるだけでも心地よいのに、時折、裏筋を指先で擦るからたまらない。ペニスがひくひく反応して、新たに透明な粘液が先割れから洩れ出てしまう。

千絵は目ざとくそれに気づいて、指先に付けて裏筋に塗っていった。敏感なポイントをぬめぬめ擦られると、さらに粘液が溢れてぬめりが増すから快感がますます高まっていく。そのうちに亀頭全体が粘液にまみれてしまった。

すると千絵は、亀頭を五本の指で摘んで、右に左にぐりぐり揉み回した。ペットボトルの蓋を閉めたり緩めたりして遊んでいるみたいだ。縦にスライドする感覚はオナニーでもセックスでも共通するが、そうやって揉み回されると、意外な刺激を味わえるものだった。しかも先端だけ摘まれてというのが、悩ましくも心地よい感覚を生んでいる。亀頭全体がぬめぬめしているからなおさらだ。

千絵は洩れたぬめり液を、亀頭だけでなく幹の方にも塗り拡げるつもりだ。細くしなやかな指で肉茎をすーっと下へ掃いていった。何度かそうして幹に塗りつけると、そのまま睾丸まで這い下りて、嚢皮《のうひ》を指先で撫でさすってくれた。

収縮した嚢皮を軽く撫でられるのは、背筋がぞくぞくするほど心地よかった。こんなこと、里香にやらせようと考えたこともなかった。自分が知らない性の技巧は山ほどあって、途轍《とてつ》もない快感を味わえる方法もたくさんあるに違いない――。

そんなふうに考えると、これまで千絵がどんな体験をしてきたのか、どんな性戯を知っているのか、俄然興味が高まってくる。

そんな浩介の胸の内など知るはずもないが、千絵はまた意外なことをした。嚢皮からまた肉茎を撫で上げたかと思うと、今度は手のひらでペニスを押さえ込んで、ぐりぐり揉み転がしたのだ。まるで粘土を棒状にしていくような手つきだ。

「うっ、それ、気持ちいい……」

思わず声を上げてしまったが、意表を衝《つ》かれて甘い痺れが湧き起こったのだから無理もない。千絵は思いのほか強く押して乱暴なくらいだが、勃起しているせいで、痛みを感じるどころかたまらなく気持ちいいのだ。

自分にマゾの気があるとは思わないが、何やら虐《しいた》げられているのに気持ちいいといった感覚だった。とりわけ粘液でぬめった亀頭をぐりぐりやられると、快感が一気に加速してしまいそうな危うさがあった。

だが、そんな浩介の状態がわかるのか、義姉はそのまま突き進んだりはしなかった。揉み方を急に弱めたかと思うと、手のひらで包むようにやさしく握ってきた。そして、取り立てて刺激は加えないで、いとおしそうに眺めている。

「大きいのね、浩介くん」

紅潮した義姉の頬に、ふっと笑みが洩れたように見えた。

「そうかな……自分じゃわかんないけど」

「充分大きいわよ。それに、こんなに硬いわ。ほらね」

いきり立ったペニスは付け根が恐ろしく硬くなっている。千絵が四本の指を揃えて砲身を上に向けさせるが、ペニスはそれに逆らい、下腹に向かって力強く反り返る。長さや太さだけでなく、その力強さが逞しさの証《あかし》でもあった。

彼女はそこに感心しているようで、手首を動かして根元の硬さを測っている。しばらくそんなことを続け、特に刺激を加えずにいると、付け根の硬さがだんだん弱まっていった。肉棒自体は剛直を保っているが、根元の硬さが取れて砲身を上向けることができるようになったのだ。

すると千絵は、付け根の部分を握って真上に向け、もう一方の手で亀頭を包み込んだ。そして、手首のスナップを利かせながら、軽く包んだ亀頭をむにむに揉みあやしてくれた。粘液でぬめっているから痺れるような心地よさだった。

しだいに粘液が乾いてきて滑りが悪くなると、真上からたらりと唾液を垂らされた。それが潤滑剤になって気持ちいい状態が続くと、さらにまた粘液が洩れ出てぬるぬるになるから、恐ろしいほどの快感がいつまでも持続するのだ。

浩介の脳裡に、亀頭を握ってくれた里香の手に向かって腰を突き上げた、一昨日の夜の快感が甦った。あれは射精の瞬間に偶然そんな情況になったのだが、千絵はこの気持ちよさを知り尽くした上でやってくれている。やはり彼女の淫戯は、間違いなく浩介の知識を超えている。

千絵がどうしてこんなふうに自分を求めてきたのか、本当のところはよく理解できないのだが、もちろんこのまま続けてほしいと強く願っていた。先日、終わった後で人が変わったような態度になったことを思うと、これが真実の姿であってほしいと思わずにはいられない。

千絵は揉みあやしていた手を、そのままゆっくり幹の方へ下げていった。あたかも手の中から搾り出されるように亀頭が顔を出す。根元を握っていた手を離し、代わりにその手を根元までさげていくと、大きくエラを張った逞しいペニスが天井を向いてそそり立った。

そこに義姉のくちびるが、まるでスローモーションのように舞い下りてきた。触れる直前でくちびるが開き、そのまま怒張が呑み込まれていった。温かな口腔粘膜と舌に包まれて、甘美な密着感がペニスを痺れさせた。

「あうっ……ううっ……」

浩介は情けないような呻き声を洩らしてしまった。義姉の口の中はそれほど気持ちよく、蠱惑《こわく》的な感触に充ちていた。だが、それはほんのプロローグに過ぎず、本当の快楽はその直後にスタートしたのだった。

義姉はペニスをいったん奥まで呑み込んで、少し間を置いてから、おもむろに吐き出していった。口の中でゆっくり砲身を滑らせ、舌をでろりと動かして幹を擦り上げながら、ぎりぎりまで吐き出していく。最後に亀頭の上半分だけをくちびるで挟み、先端を舌でちろちろ擦りまくる。敏感な部分をそんなふうに刺激されると、いまにも昇天しそうなほど心地よかった。

舌を小刻みに動かして快感を沸き立たせると、再び根元に向かって顔が沈み込んだ。そして今度は、口を窄《すぼ》めてペニスを強く吸引しながら吐き出していく。もちろん舌は肉茎にぴったり密着し、ざらついた表面が甘美な摩擦感を生み出してくれた。

またもぎりぎりまで吐き出して、同じことを繰り返した。だが、舌の動きは一様ではなく、左右に大きく動いたり小刻みになったり、あるいはべったり強く肉茎に押しつけられたりもした。

浩介は湧き起こる快楽の波動に圧倒されていた。これではほどなく射精してしまいそうだ。この心地よさをできるだけ長く味わっていたいのに、余裕はみるみる失われてしまう。

「あ、義姉さん……出ちゃうよ。ああ、もうだめだ……」

訴えた直後、切羽詰まったペニスが暴発してしまった。義姉が咥えたまま放さないものだから、口腔内にザーメンをすべて撒き散らしてしまった。胸の中では申し訳ない気持ちがあったが、言い知れぬ昂奮を覚えたのも確かだった。

千絵の口の中は夥《おびただ》しい量の精液と溜まっていた唾液で溢れてしまったのだろう。くちびるの隙間から、小泡の混じった白濁液が洩れ滴った。それでも千絵は、なるべくこぼさないように口を窄めてゆっくりペニスを吐き出していった。肉棒が全貌を現しても、くちびるを引き結んで精液を溜めたままでいた。そして、こくっと喉を鳴らして嚥下《えんか》した。

浩介はそれを目《ま》の当たりにして、まるで自分の魂を呑み込まれたような錯覚を覚えた。同時に、義姉に対する親密感がいままで以上に湧いてくるのだった。女性がフェラチオでザーメンを飲み干すのは、知識では知っていても、実際に経験してみると感動に近いものがあった。

義姉自身も昂奮の面持《おも》ちで小鼻を膨らませ、肩で息をしている。しばらく呼吸を整えてから、吐き出したペニスをもう一度手に持った。

「きれいにしてあげるわね」

「えっ⁉」

もしや、という期待感を抱くや否《いな》や、千絵の舌が唾液と精液がまぶされた肉棒を舐め上げた。射精して間もないペニスが、むず痒く疼いてもこっと蠢いた。

千絵はさらに何度も舌を這わせていったが、付着した精液をきれいに舐め取っても、唾液まみれのペニスになるだけだった。しかも、舐めれば舐めるほど、白濁液の代わりに透明な粘液が洩れ出してしまう。

もっとも、きれいにするというのは言葉の綾に過ぎず、千絵は後始末をするつもりで言ったわけではない。なぜなら、精液を舐め取ってもなお舐め続けているし、元々付着していない部分にも熱心に舌を這わせているからだ。きれいにするというのは口実で、ペニスを刺激してもう一度勃起させようとしているのは明らかだった。いや、勃起させるというより、萎えてしまわないように硬さを維持させると言った方が正確だろう。

ペニスを舐められて初めて気づいたが、義姉の舌は思いのほか長い。それはディープキスで絡め合ってもわからなかった。細くて長い舌が肉茎を這うのは、何かの生き物に絡みつかれたようで、見るからに淫靡な光景だった。それがまた性感を高める効果になっている。

だが、一度射精してしまったことが浩介に味方していた。快楽の立ち上がりが緩やかになったことで、ペニスを舐め回される快美感をじっくり味わうことができそうなのだ。さっきは早過ぎたかと思って情けない気もしたが、結果的にはそれで良かったのかもしれない。

長い舌は幹の部分から這い上がって、雁首の括れから裏筋や先割れといった敏感なポイントを攻めてきた。舐めるだけでなく、舌先でちろちろ掃いたりするのが気持ちいい。

ペニスは硬度を失う暇もなく、快楽にその身を震わせているが、千絵の舌はあえて焦らすように先端から離れ、幹を下っていく。根元を摑んでいたのが、今度は手のひらで肉茎を支え、反り返るのを防いで上向かせる。

いったん高まった快感が穏やかになっても、千絵はゆっくり幹の部分を這い回っている。早く亀頭に戻ってほしくて焦れてくるのだが、次に移動したのは根元の方だった。がっかりしかけたのはほんの一瞬で、意外な感触に虚を突かれた。淫靡な舌が嚢皮まで這い下りたのだ。

指先で触れられた時より遥かに鮮烈な快美感が浩介を呻《うめ》かせた。反射的にアヌスがきゅっと引き締まり、両脚がぴんと伸びた。

「ふふっ、気持ちいいでしょ、ここ」

内腿の間から湿り気を帯びた声が聞こえた。幾分かすれた声は、彼女も昂っていることを示していた。それが浩介には嬉しく思えてならない。

熱い吐息とともに、舌が皺だらけの嚢皮を徘徊した。睾丸の円みをぐるりと辿りながら、舌の腹で嚢皮の弛みと戯《たわむ》れたりする。下腹の奥からじーんと痺れるような疼きが拡がってきた。

反り返らないように支えていた手も、しっかり肉茎を摑み、さらには亀頭を握り込んできた。舌を使いながら、同時に亀頭をやわやわ揉みだしたからたまらない。一度精を吐き出していなかったら、たちまち追い詰められてしまったに違いない。

浩介はじっとしていられなくなり、腰をもじもじ動かした。それを見て千絵の舌戯がさらに卑猥な方向に進んでいった。片脚を高く持ち上げられ、睾丸の下へ潜り込まれたのだ。蟻の門渡りをちろちろ舐めた舌は、さらにその先を目指している。

「えっ、それは……義姉さん、ちょっとそれ……」

「うあっ！　……ううっ……」

浩介は慌てて声を上げたものの、さらに気持ちよくなる予感が羞恥を乗り越えてしまい、拒む言葉が出てこない。

「あっ！」

義姉の舌先がすぼまりを捉えた瞬間、浩介は鋭く喘いで腰を躍らせた。下半身から一気に力が抜けていくような感覚。アヌスが自分の意志とは無関係にひくひく蠢いて、悦びを勝手に義姉に伝えてしまうようだ。

すぼまり全体を舐められたかと思うと、まるで皺の一本一本を数えるような丹念な舐め方をされて、浩介はしだいに惑乱していった。里香のアヌスを嬲って羞恥を煽ったばかりだが、これほど恥ずかしいものだとは思いもしなかった。自分がされてみて初めてその感覚がどういうものかわかった。

烈《はげ》しい羞恥に苛《さいな》まれながらも、それを上回る昂奮が湧き起こるのも事実だった。むしろ、羞恥が高まるほど昂奮の度合いも強まるようだ。里香の羞恥を煽ったことと、彼女が快楽に目覚めたことはきっと無関係ではないのだろう。

だが、里香のことなどいまはどうでもよかった。得《え》も言われぬ快美感がしだいに浩介を翻弄しはじめている。千絵の舌はアヌスから嚢皮へと移動し、さらに何度も往復しながら嬲り続けるのだ。

「ああ、だめだよそれ……き、気持ちよすぎて、たまんない……ああ、だめだ……」

「何言ってるの、まだ大丈夫でしょ。これくらい……まだまだ……」

思わず快感を訴えたが、義姉の言う通り、すぐに切羽詰まりそうなわけではなかった。むしろ、この愉悦をしばらく味わっていられそうで、その悦びが言わせた言葉だったのかもしれない。

千絵は熱の籠もった舌使いを続けながら、ペニスをゆっくりしごきはじめた。そうやって同時に攻められるのは圧巻だった。少しずつしごきが速まって、特にアヌスを嬲られた時に性感が急上昇する。千絵はそれがわかっているようで、舌先で皺をかく動きを速めるのだった。

比較的長く保《も》っていたペニスだが、さらに硬度を増していくと、しだいに射精欲が高まってきた。するとそれを察知して、千絵の手つきも舌使いも穏やかになった。今度は簡単には射精させないという意志が感じられる。

高まりかけた切迫感が退《ひ》きはじめると、淫らな舌は幹を這い上って亀頭に到達した。周りをぐるりと舐め回し、矢形になった裏側の段差をちろちろ刺激した。それからいったん幹の方へ下りて、さらにまた雁首を這い、先端に向かった。

そして、今度はすっぽり咥え込んで濃密なおしゃぶりを始めた。じゅるじゅると淫らな音を立てて吸引し、同時に舌を蠢かせてスライドさせる。さっきは呆気《あっけ》なく射精してしまったから、そのぶんを取り返そうとするかのような熱烈な口淫だった。

義姉の淫らな技巧に翻弄され、官能の波に揺られながらも、浩介はふとそれを教え込んだのが兄なのだと思ってしまった。以前は二人が体を重ねるシーンなど想像したくなくて、それで世田谷のマンションから脚が遠退《の》いたのだが、義姉と関係したいま、浩介の心は否応なくその姿を見てしまう。快楽と嫉妬がない交ぜになって、烈しく浩介を揺さぶりだした。

すると、浩介の腰が波を打ちはじめた。無意識のうちに千絵の口淫のストロークに合わせて突き上げていた。嫉妬は病院のベッドで横たわる兄への優越感に変わり、この禁断の行為を見せつけたい衝動が腰を動かしたのかもしれない。

やがて千絵がペニスを吐き出すと、それはいっそう逞しく怒張して、唾液でべとべとになっていた。わざと口に溜まった唾液をこぼしながら吐き出したようで、弓なりの肉茎がぬらぬらと淫靡な光を放っている。

「本当にすごいわ。どうしてこんなに逞しいのかしら。いやだわ……」

独り言のように呟く声がやけに艶《つや》めいて、いやだなどと言いながら、瞳が妖しい光を宿している。

――兄さんと較べてどう？

浩介は口まで出かかった言葉を慌てて呑み込んだ。さっきの気持ちが思わず露わになりそうだったが、そんなことを言って義姉の高揚を削ぐ結果になっては元も子もない。

「何よ、そんな目で見たりして」

浩介が醒めた目をしていたのかもしれない。気づいた千絵が、少し眉を顰《ひそ》めて艶《つや》めいた目差しを向けてきた。それは肉で繋がった女が見せたその表情に、浩介の胸がにわかに熱を帯びた。それは肉で繋がった女が見せるものに違いなかったからだ。

里香と初体験をした後で、彼女が不意にそんな表情をした時、妙にくすぐったい感じがしたのをよく憶えている。それがセックスをしたことの証《あかし》のように思えたのだ。大学の友人カップルを見ても、そんなふうに変わった女の子はけっこう多い。

義姉の場合、関係したのは一週間前だが、あの時はすぐに別人のようになってしまった。それがようやく心を許して自分を受け容れてくれた。浩介はそう感じて、胸がいっぱいになった。

「ああ、だめだわ。どうしようもないの、わたし……。こんな女でがっかりした？」

「まさか！　そんなこと、あるわけないじゃないか。がっかりどころか、うれしくてたまんないよ。大歓迎さ。本当だよ」

「バカねぇ、そんなふうに言わないでよ。恥ずかしいじゃないの」

千絵の声が急にねっとりして、耳に纏《まと》いつくように響いた。

「そんなに見ないで。あっち向いててよ」

千絵はそう言って横を向くと、腰を浮かしてスカートの中に両手を差し入れた。座ったまままストッキングを脱ぐつもりだ。浩介が横たわっているので、立ち上がるのは恥ずかしいのだろう。

浩介は逸《はや》る気持ちを抑えて、顔を横向けた。だが、もちろん視界の端に義姉を捉えてはいる。スカートの中でもそもそやってから、ネット柄のストッキングが引き下ろされていく。千絵はそれを脚から抜き取ると、丁寧にたたんで傍《かたわ》らに置いた。そして、スカートのフックを外して脱ぎ下ろしていく。

静かな部屋に衣擦れの音だけが響いて、それが浩介の昂奮をさらに高めてくれる。つい気が急《せ》いて、唾液まみれの怒張をしごいてみると、千絵がパンティを脱ぎながらそれを横目で見ていた。

悩ましい半裸体が露わになった。横座りの括《くび》れたウェストからヒップに続くラインがあまりにも優美で、浩介は思わず生唾を呑み込んだ。ゴクッと音が鳴ってしまって恥ずかしい思いをしたが、義姉は柔和な笑みを浮かべてスカートをたたむだけ。下着と一緒に横に置くと、浩介の方に向き直った。

「上も脱いだら寒いかしら」

春らしい気候になってきたものの、全裸ではやはりまだ寒いかもしれない。千絵の迷った呟きを聞いて、浩介はすぐさまエアコンのスイッチを入れた。それを見て千絵は、口元をふっと弛ませた。

シャツとブラを取り去ると、魅惑の裸体が目の前に現れた。初めて義姉の全裸を見て、遠い記憶が甦《よみがえ》った。深夜の台所で透かし見た魅惑のボディライン。あの時の甘い衝撃まで甦るようだった。

ふくよかな乳房とウェスト、ヒップが美しい均整を保っていて、白くて肌理《きめ》の細かい肌に、漆黒の性毛が淫猥なコントラストで貼りついている。蠱惑的な裸体に思わず見とれていると、義姉がやさしく咎《とが》めるように言った。

「あなたも脱いでよ」

一瞬、信じられない思いがしたが、聞き間違いではない。〝あなた〟という言葉が浩介を猛然と奮い立たせた。素早く体を起こしてシャツを脱いでいく。慌ててしまってボタンがなかなか外せないのが自分でも滑稽に思えたが、そんなことを遥かに上回る感激が胸に押し寄せていた。

千絵は太腿を撫でたり、股間の肉棒をいとおしそうにさすったりしながら、彼が全部脱ぐのを待っている。〃もうこれは自分のもの〃と言わんばかりの仕種でペニスを握ったりもした。

浩介は全裸になると、入れ替わって千絵を仰向けにするつもりで腰を浮かせた。ところが、彼女はそれを制して、もう一度横になるように促した。

「えっ、ボクが……」

下になるのかと目で問うと、千絵は頰を桜色に染めて頷いた。そして、彼が横たわるのを待ちきれないように腰に跨ってきて、怒張を握り立てた。ぬめった肉棒の先端を秘裂にあてがい、角度を決めるとゆっくり腰を落としていく。

――あっ！

浩介は思わず身震いしていた。亀頭が秘孔に潜り込む時、自分が突き入れるのとは微妙に感覚が違い、何とも悩ましい摩擦感が生じたのだ。おそらく、自分が横たわったまま腰を動かさないからだろう。突き入れるのではなく、熱くぬめった肉に包まれるというか、咥え込まれる感じがした。いかにも受動的で、まるで女に犯されるような錯覚を覚えたのだ。

千絵は肉棒を奥まで迎え入れると、ゆっくり腰を動かしはじめた。上下には二、三度動いただけで、その後は腰を深く沈めてぐるぐると円を描く。まるで石臼を挽くような動きだ。最初は膝を気遣ったのか遠慮がちに動いていたが、しだいに大きくスムーズに腰を振るようになった。

ペニスは奥までしっかり収まったままで、あまり摩擦感がない。だが、それは千絵がまだ本格的に腰を使っていないからに過ぎなかった。円運動がしだいに大きくなるにつれて、必然的に挿入が浅くなり、亀頭が軟らかな粘膜を抉《えぐ》る動きに変わっていくのだった。

それは浩介が突き込むストロークでは味わえなかった感触だが、自分が上になった時でも、こんなふうに腰で円を描けば同じかもしれない。そんなことを考えていると、今度は千絵の腰が前後の動きに変わった。

腰でスナップを利かせるように、くいっ、くいっとスライドするのが奇妙な感じだったが、理にかなった動きなのだとすぐにわかった。秘丘を前に迫り出す時にペニスが肉壺から退いていき、戻すと深く埋まっていくのだ。

里香を上にさせたことも何度かあるが、あまり心地よい摩擦感が得られなかった。もちろん里香が未熟で動きがぎこちないせいもあるが、上下ではなく、こんなふうに前後に動いても充分気持ちいい抽送感を味わえることを気づかされた。

　女性からすれば、むしろこちらの方がいいのかもしれない。恥骨同士がより密着して、クリトリスに刺激が伝わりやすい気がする。現に義姉は前屈《かが》みになって彼の両肩を摑み、腹部を迫り出すようにしていて、それが密着感を高めているようなのだ。腰を強く振るほど、肉芽への刺激も強まるに違いない。その証拠に、鼻にかかった喘ぎ声がだんだんと大きくなっていく。

　しだいに千絵の動きが激しくなって、前後の動きと円運動を交互に繰り返すようになった。時々上下にも動くが、それは単に挿入の深さを調整しているだけのようだった。浩介は縦横無尽に動き回る義姉の太腿やウェストに手を伸ばし、さわさわと撫で回した。もちろん愛撫のつもりなのだが、肌理の細かい肌が擦れると、手触りも充分心地よかった。

　どんな腰使いをしても、千絵の上体はほとんどぶれることがなく、乳房だけが上に下に、右に左に揺れ動く。時にはぐるりと円を描くような悩ましい揺れ方をした。一方、ぶれない上体に対して、腰から下は活発にくいくい動いている。そのさまは猥褻感たっぷりで、いかにも快楽を貪っているように映った。千絵という女の真の姿を表しているように思えてならなかった。

円を描いていた千絵の腰がやや浮いて、挿入が浅くなった。すると亀頭が抜け出る手前で引っかかった感じになり、肉壺の入口近くを円く抉る動きになった。

「んんんっ、ああーっ！」

千絵は大きく腰を振り回し、悩ましげに鼻奥で喘いだ。浩介は自分が動かないぶんだけ、千絵の腰使いを観察する余裕があったのだが、それはさっきまでの話だった。千絵の腰使いが激しくなって、いったん快感が高まってしまうと、自分で性感をコントロールできないから危うい状態に陥《おちい》りやすい。

射精が間近に迫ってペニスがいっそう硬さを増すと、それを義姉に訴えるべきかどうか迷った。だが、言う前に義姉が察知してくれたようで、腰の動きが急に緩やかになった。その状態がしばらく続くと切迫感が少しずつ和らいで、そうするとまた腰使いが加速しはじめるのだった。

浩介はすっかり彼女のペースにはまり込んでいた。だが、受け身になることで、何やら義姉に甘えているような気分を味わえるのも確かだった。好き放題にやってほしいとさえ思ってしまう。

腰使いを激しくしたり緩めたりを何度か繰り返すうちに、千絵の悶え方はどんどん激しくなって、ほとんどぶれなかった上半身も右に左に揺れ、さらに妖しいくねりを見せるようになった。緩急のインターバルが変化して、〝緩〟の時間が明らかに短くなっていく。

ペニスの締めつけも間隔が少しずつ狭《せば》まり、より強くなっていくので、義姉のアクメが近いのだと感じた。白い喉を晒してのけ反っているから表情は窺えないが、悩ましげなよがり声もはっきりそれを表していた。

「ああああーっ、いい……いいいいーっ！　んんんっ……んああーっ！」

すると突然、恥骨をぶつけるように腰が激しく前後に動いた。と思った途端、ペニスが強烈な締めつけに遭《あ》い、くいくいっと奥へ引っ張られた。千絵の上体が突っ張って、それきり腰の動きは止まったが、肉壺の収縮はなおも続いていた。

——イッたんだ！

義姉はアクメを迎えたようだった。ややあって、突っ張っていた上半身が柔らかくなり、ふっと息を洩らしたように腰が沈み込んだ。脱力した体が急に重くなった。

「なんてイイのかしら。もうだめだわ。わたし……だめになっちゃう……」

「なにがだめなのさ？」

「なにがって……そんなこと、訊くものじゃないわ。決まってるじゃない」

千絵はしばらく動きを止めてじっとしていたが、おもむろに腰をくねらせはじめた。

そして、動きながら呟きを洩らし、それは譫言のようになってやがてフェイドアウトした。

「これよ……ああ、これだわ。これがいけないの……だめよ……ああ、だめ……」

一度アクメに達して感じやすくなっているのか、消えていった言葉に代わってすぐに喘ぎが洩れはじめた。肉壺も間断なく蠢くようになっていた。

浩介は義姉の動きが止まっている間に性感がやや鎮まって、少し保ちそうな予感がした。それでまた余裕が出てきて、今度は下で腰を動かしてみた。千絵の動きに合わせて、ずんっ、ずんっと軽く突き上げてみたのだ。義姉が〝いけない〟とか〝だめ〟と言っているのは、間違いなくこのペニスのことだ。

最初はなかなか巧くリズムを合わせられなかったが、しだいに調子が摑めてきた。少し間隔を開けながら突くといいのだ。千絵が腰で石臼を挽く時は、突かずに腰を持ち上げたままにする方が良さそうだった。そうすると性毛がじょりじょりいって、恥骨がこれでもかというほど擦れ合うのだ。

千絵の乳房はランダムに揺れ動き、浩介の目を愉しませていたが、前屈みになって間近に迫ると、触ってほしいと言っているみたいだった。浩介は下から大胆に鷲摑みにして、ぐにぐに揉み回した。荒々しい方が良さそうだとわかっているから最初から遠慮がない。

「もっと……もっと強くして……ああ、いいわ！」

揉みながら乳首を親指でぐりぐり転がすと、甲高《かんだか》いよがり声が上がった。指で摘んで揉み回すと、やはり激しく乱れてペニスをきつく搾ってきた。

腰の突き上げも自ずと激化して、無闇やたらに打ち込むようになってしまう。千絵の腰使いも同じだ。激しくなってもリズミカルだったのが、やがて荒々しいだけの動きに変わっていった。

当然、二人のリズムは合わなくなるが、合わない中で時折シンクロする瞬間があって、そこで快感が急上昇する。だが、すぐにまた合わなくなってしまい、千絵が先に焦《じ》れた。いったん動きを止めてから、浩介の突き上げに合わせて動きはじめたのだ。

つまり、突き上げの瞬間を狙って腰を沈めるのだが、それも恥骨が擦れるような角度を作ろうとしている。ずんっ、ずんっと恥骨がぶつかるたびに、千絵は後ろにのけ反っていった。

「義姉さん、気持ちいいでしょ、これ。これがいいんでしょ？」

「ええ、そうよ、これ……これがいいの……あっ、あっ……すごいわ、すごいの……ああっ、イイーッ！」

なおも荒々しく乳房を揉みしだくが、千絵がのけ反り続けるので、だんだん手が届かなくなる。それならそれで、とばかりにウェストを摑み、下に引き寄せながら腰を突いていった。

「ああぁ、いいわ！　ああーっ、ダメェ……！」

濡れ肉に搾られて、ペニスがますます怒張する。軟らかな粘膜を、凶器のような雁首が攪拌《かくはん》していった。亀頭に纏いつく媚肉が、抉り出されるようにたわんで淫らな濡れ音が響く。滑らかな摩擦感と妖しい吸着感が、目も眩むほどの心地よさをもたらした。

「義姉さん、僕のこと、好き？」

「ああん……んんっ……んっ……」

「ねえ、ちゃんと答えてよ。僕のこと、好き？」

強烈なストロークを見舞いながら、浩介は問い質《ただ》した。

「……好きよ……ああ、好きよ」

「気持ちいい？　ねえ、気持ちいいんでしょ？」

「……いいわ……いいの。気持ちいいの……あああっ……いいの……」

応える千絵の声は、しだいに譫言のようになっていった。危うい衝撃が何度か背筋を走ると、快楽の波動が急激に高まって射精の瞬間が迫ってきた。浩介はいっそう激しい腰使いになって、頂点を目指した。

「義姉さん、いいの？　中でいい？」

「あうっ……うあっ……んんっ……んんっ……」

頷く千絵の声はほとんど呻きに近い。嗚咽のように断続的に声を上げ、髪を振り乱している。乳房の乱舞もいっそう激しいものになった。浩介は最後のスパートで突き上げ、激しく抉り続けた。

「ああ、いいっ……イッ、イクッ……イクゥーッ！」

強烈な緊縮感とともに、猛爆の予感がした。と、ほぼ同時に頭の中で閃光が弾け、牡の激流が迸った。ペニスの荒々しい脈動とともに、義姉の中にどくどくと精液が注ぎ込まれていく。長く堪えただけあって、目も眩む烈しい快感に襲われた。

「ああ、義姉さん……義姉さーんっ！」

脳髄まで痺れるような快美感だった。浩介はしばらく快楽の高みを浮遊しつづけた。千絵も全身を突っ張らせて果てた後、浩介の上にぐったりと倒れ込んできた。脱力しきった体の重みが心地よかった。浩介は彼女の背中を撫でてやりながら快楽の余韻に浸っていた。

しばらくすると、千絵が急に目覚めたようにむっくり起きあがった。

「どうしたの？」

千絵は蕩《とろ》けた目で浩介を見つめ、ゆっくり腰を揺らしはじめた。

「えっ……？」

その動きは緩やかではあるが、ある意志を感じさせるものだった。つまり、萎えかかったペニスをもう一度勃起させようというのだ。

浩介はまさかと思ったが、どうやら本気のようだった。ゆらゆら揺れていた腰が、しだいに規則的な動きになっていくのだ。すでに二度射精しているが、浩介にしてみればもちろん三回くらいどうということはない。だが、ほとんど休む間もなく立て続けなのだ。義姉の貪欲さにはつくづく驚かされる。

淫猥な腰つきで刺激されるうちに、ペニスはほどなく硬さを回復していった。元々萎えきってしまったわけではないが、巧妙な腰使いのおかげで、あまり時間を要することもなかった。

「すごいわ。まだ大丈夫なのね。本当に頼もしいわ」

「だって、義姉さんが……」

自分から立たせようとしたのだが、実際に回復したのがうれしくてたまらない様子で、ますます妖しい腰つきになる。

義姉の中ですっかり勃起すると、驚くほど滑らかな摩擦感に包まれた。精液が逆流して、そのまま潤滑剤の役割を果たしてくれるようだ。これならいくら激しいピストンを繰り出しても平気だろう。そう思った浩介は、上体を起こして千絵を抱え込んだ。

「今度はボクが上になるよ。いいでしょ？」

「いいわよ、好きなだけして……」

ねっとり纏いつく淫らな声音で囁いて、義姉はそのまま後ろに体を倒していった。

ペニスが抜けないように注意しながら仰向けにさせると、彼女の両脚を肩に担《かつ》いで抽送を開始した。

ぬめった秘穴はスムーズな抜き挿しを促すので、最初から勢いよく突き込んでいった。結合部分からは、くちょ、くちょと淫靡な音が響き、牝の匂いまで漂ってきそうな気がした。

千絵は乳房を上に突き出すように弓反りになって、広げた腕をくねらせながら身悶えしている。ふくよかな乳房は、まるで見えない手が揉みしだいているかのように乱れ舞い、なまめかしさに拍車をかけた。

肩に置いた脚を摑んで大きく開かせると、繋がった肉が露わになった。逆流したザーメンと千絵の愛蜜は、抽送で粘着性が高まったせいか、泡の混じった白濁液となって肉棒と淫花にこびり付いていた。

肉びらはすっかりめくれ返って、抜き挿しのたびに内に外に捩《ねじ》れて歪む。亀頭が抜け出てしまう寸前まで退いてから突き入れると、肉びらの歪みが大きくなって、秘孔の緊縮感もいっそう高まる。勢い余って抜けてしまうと、怒ったように張り詰めた亀頭を埋め込む時のきつさがまた心地よかった。

千絵は自分から大きく脚を広げようとした。摑んでいた手を離して覆い被さると、大股開きになって腰を打ちつけるように跳ね上げてきた。

「ああんっ、もっと……もっと強くていいのよ……もっとぶつけて。いっぱいぶつけて……」

浩介は激しく腰を使っていたが、義姉の求めに応じて、さらにシフトアップして加速させる。恥骨をぶつけて性毛を擦り、淫肉をひしゃげて秘穴を攪拌していった。

ふと思い立って腰を回転させてみると、案の定、肉壺の入口を支点にして円く抉るような動きになった。ペニスにぴったり密着した肉は、抽送を始めた時からひくひくと蠢《しゅんどう》動を続けていたが、亀頭が当たる位置が変わるたびに、それを歓迎するように収縮するのだった。

搾られてさらに硬さを増したペニスは、秘奥まで届いてノックした。すると千絵は、大きくのけ反って喜悦の声を上げた。柘榴の襞を嬲った時よりも鋭い反応だ。浩介は指では届かない秘奥のポイントを、つんつん突いてやった。深々と埋め込んで小刻みな抽送を繰り返したのだ。

「ああ、そ、それ……いいわ……もっと来て！」

叫びながら自分でも腰を迫り出し、密着感をより高めようとするが、無意識の反応のような気もした。快楽を求めて本能的に腰が動いてしまうようだった。

もっとも、それは浩介も同じかもしれない。奥を小刻みに突こうと思っているのに、ふと気がつくとストロークが大きく、激しくなっているのだ。彼としては、その方が気持ちいいので自然に変わってしまう。

千絵はさらに密着しようと、脚を彼の太腿に絡めてきた。両脚でがっちり押さえ込む体勢になったのだが、腰の動きを制限されて抜き挿しがやりにくくなってしまった。そこで、その両脚を抱《かか》え上げて、千絵の体を折りたたむようにした。秘裂が上を向いた分、より密着度が高まるので、この方が義姉にとってもよさそうだった。

上から突き込む恰好になって、要領を摑むのに少々時間を要したものの、すぐにスムーズな抽送になった。また自然にストロークが長くなり、さっきよりも快楽の波動が大きくなった。

――これだ！　これが気持ちいい！

その体勢でぎりぎりまでペニスを退いて奥まで深く埋め込むと、鮮烈な快美感が背筋を走り抜け、脳髄まで痺れそうになる。腰使いがどんどん速まって、制御不能の加速状態になっていった。そのまま頂点まで駆け上がりたい気分になり、一気にスパートをかけた。

千絵は髪を振り乱して悶え、嗚咽《おえつ》のように喘ぎ続けた。折りたたんだ義姉の体を押し潰すような激しいピストンを繰り返し、逞しいペニスの脈動とともに、三度目の白激砲が放たれた。

脱力してぐったり倒れ込むと、義姉が息を荒らげながらも抱き留めてくれた。しっとり貼りついてくるような、柔らかな肌の感触が心地よかった。波を打つ二人の呼吸がシンクロして、ゆっくりと凪《な》いでいった。

第七章　めくるめくアナルの快美感

　実家に帰ったのは久しぶりだった。たまには顔を見せてやれと兄に言われてからも、何やかやと忙しくしていて、なかなか時間が取れなかった。春休み中はバイト先に勤務時間を増やしてくれるように願い出ていた手前、なかなか休みを取りにくいという事情があって、大学の新年度が始まってからようやく帰ってきたのだ。

　まだ受講登録前のこの時期は、どの講義を受けたいか下見をしているような段階だから、平日でも時間を空けられる。バイトの入ってない日を選んで一泊するつもりで帰った浩介は、三カ月ぶりに母の手料理を味わい、父の晩酌に付き合った。

　その間、両親の様子に何となく妙なものを感じていたのだが、食事の後片づけで母がキッチンに引っ込むと、なお飲み続ける父がこんなことを言いだした。

「浩介はあれか……付き合ってる女の子とか、いるのか？」

「はあっ⁉」

父の意外な問いかけに、思わず素っ頓狂な声を上げてしまった。息子とこんな話をするような父ではなかったし、現に自身も緊張の面持ちで尋ねてきたのだ。

「どうしたの、急にそんなこと」

「いや、まあな……ちょっと気になったからな……」

そう言って落ち着きなくキッチンの方を窺い、何やら助け船を出してほしそうな素振りだが、母の姿はそこからは見えない。こんなことを言いだしたのには、何か裏がありそうだった。

「うーん、まあ、いるって言えばいるような……」

浩介は訝《いぶか》りながら、曖昧な返事をした。今日も午前の講義に一緒に出た里香のことが頭に浮かんだが、義姉の顔もちらついてきて、彼も落ち着かない気分だ。

今日、講義が終わって里香と食事をしていた時、能を観に行ってみないかと誘われた。彼女は最近、古典芸能に興味を持ちはじめており、盛んに誘ってきたのだが、浩介はあまり気持ちが動かずに生返事をしてしまった。

興味を示さない彼に里香は不満げだったが、浩介は能そのものよりも、義姉と関係していながら里香と付き合うことに後ろめたいものを感じて、いま一つ心が動かないのだった。

義姉の千絵は先週の土曜に浩介を訪ねてきて、アパートで激しく交わり、何度も喜悦の声を上げて悶えた。体だけでなく気持ちまで通じ合えた気がして、浩介は満たされた気分に浸りきっていた。

だが、二人の関係は誰にも知られてはならない秘密であり、将来的に何ら実を結ぶことのない雄蕊《おしべ》と雌蕊《めしべ》の交わりだった。その意味では里香と交際する方が現実的だが、彼の心はそちらに乗りきれない。背徳の快楽はどこまでも甘い蜜の味であり、危険な香りに心が冒されていく危うさもまた快感に繋がっているのだった。

「誰かいい人がいるんだったら、あれだ……結婚して、元気な孫の顔を見せてほしいもんだな」

父の話が妙な方向に進んでいるように感じられ、浩介はさらに怪訝《けげん》な思いを抱かざるをえない。

「何言ってるんだよ、まだ大学生だよ。結婚なんて、そりゃあいずれはするだろうけど、そんなの、まだまだ先の話じゃないか」

「まあ、そう言ってしまえばそうなんだが……でもなあ……」

「オヤジ、今日は変だよ。何かあったの？」

歯切れの悪い言い方に痺れを切らすと、父はなおさら口籠もってしまった。茶道具を持って入ってきた母は、その空気を読んで「浩介にもちゃんと話しておかないと」と父に言い、テーブルに盆を置くとまたキッチンに戻っていった。

「いや、実はあれだ、哲弘のことなんだけどな……」

母に背中を押されて話しはじめたのは、兄の怪我に関わることだった。事故で骨盤を骨折した際に、神経の方も損傷を受けてしまったようだという。病院で聞いてきた説明を正確に伝えようと、ゆっくり順を追って父は話した。

浩介は神妙に聞いていたが、それがどうして自分のカノジョや結婚の話になるんだという思いが脳裡にちらついていた。

「それでな、要するに子供はもう作れないらしいんだ。作れないっていうか、作れない可能性がとても高いらしい。だからな……」

浩介がちゃんと結婚して、孫の顔を見せてくれることを強く望んでいるのだと、あらためて言われたのだ。

「そうなんだ……」

浩介はそれきり言葉を失った。先週の病院でのことが思い返された。里香と一緒に見舞った時、兄たちは押し黙ったままで、二人が来たことさえすぐには気づかなかった。あの重苦しい雰囲気は、きっとその診断を兄が千絵に伝えたか、一緒に医師から聞いた直後だったからに違いない。

勃起不全やEDといった単語が頭の中を駆け巡った。結婚してまだ二年、子供のことはこれからと考えていたのだろうが、それがいきなり不可能と診断されてしまい、暗澹《あんたん》たる思いになったに違いない。

兄は事故からずっと、症状は一時的なものと考えていたらしい。医師も当初はその可能性を口にしていたが、ここにきて希望がほとんどないという診断を下さざるをえなくなったようだ。

やがて片付けが終わった母も居間に来て話に加わった。少ない可能性に縋《すが》るような両親の会話の中にも、諦めが滲んでいるようだった。

浩介は重い空気の中で、千絵のことを思っていた。兄の子供を産める可能性がほとんどなくなったのを、どんな気持ちで受けとめているのか、と考えたのは父の説明を聞いているほんの一時《いっとき》だった。すぐに頭の中を占領したのは、

——兄貴とエッチできなくなったんだ！

ということだった。そこに思いが及ぶと、義姉が彼のアパートを訪ねてきたのはそのことと無関係ではないような気がしてきた。

——たぶん、そうなんじゃないか……。いや、そうに違いない。

義姉はもう哲弘とセックスできないとわかって、代わりに浩介の体を求めたに違いない。そう考えると、以前から彼の気持ちに気づいていたと切り出したのは、誘いかけたい気持ちを露骨に表さないための策だったように思えてくる。好きだと言ってくれたのも単なる方便に過ぎないのだろう。

——兄貴の代わりということか……。

脳裡に〝代用品〟という言葉が浮かんで、苦い思いが胸に拡がった。そんなこととは知らずに、ようやく気持ちが通じたのだと思ってしまった自分が愚かしくてならない。悔しさが沸き立って、あの時の快楽すら忌々《いまいま》しいものに思えてきた。

それは絶対に違うと思いたい自分が一方にはいたが、その根拠は少しも見当たらなくて旗色が悪い。兄の代わりとしていいように遊ばれただけだと、認めざるをえなくなってくる。

もちろん親の前ではそんな気持ちは隠していたが、悔しい思いはいつまでも燻《くすぶ》り続けていた。朝の早い両親が床に就いてしまうと、静まり返った家の中で時計の針の進みがやけに遅く感じられ、布団に入ってからもなかなか寝つけなかった。

翌日、実家から直接大学に向かった浩介は、午後の講義に出たものの、頭の中がもややもやして講師の言葉が右から左に抜けていくだけだった。結局、四講目はさぼることにしてキャンパスを後にした。

今日もバイトはないので時間が有り余っている。このままアパートに帰ってもどうせ気分は晴れないだろうと思い、都内の大学に通う高校時代の同級生を誘って飲むことにした。里香に会うことはまったく考えなかった。

その友だちにメールをしてから駅に向かった浩介は、そのまま電車に乗るか、メールの返事を待ってから乗ろうか迷いながら、何気なく運賃表の路線図を見上げた。その時、不意に気が変わって、世田谷のマンションに行こうと思い立った。

――直接会って、問い詰めてみるか。

それがもやもやした気分を振り払う唯一の方法だと考えて、携帯電話を取り出した。さっきのメールは無視してくれと送り直し、改札口に向かった。

マンションに着いてインターフォンで呼んだが、応答がなかった。会社に出るのは来週からと聞いていて、留守の可能性はまったく考えていなかったのでがっかりした。だが、念のためもう一度押してみると、千絵は出てきて、ちょっと待っててと言ってインターフォンを切った。

「急にどうしたの。何かあったの？」

しばらくしてからドアを開けた千絵は、彼の表情を見て身構えるような口調で言った。おそらく問い詰めてやろうという決意が顔に滲み出ていたのだろう。浩介は息を吐いて心を落ち着け、入ってもいいかと尋ねた。

千絵はリビングに彼を通して上着を預かると、お茶を淹《い》れる用意を始めた。どことなくそわそわした感じがするのは、さっきの浩介の表情を見て何やら思い当たったのかもしれない。

浩介はティーカップが運ばれてくるまで、どう切り出そうかと、電車の中でも考えていたことをまた繰り返した。

千絵は彼のカップ一つだけを持ってきてテーブルに置くと、微妙に離れて腰を下ろした。前にもこんな情況があったことを思い出すと、なぜか迷うことなく言葉が出てきた。

「聞いたよ、兄貴のこと。骨盤神経やられてるって？」

我ながら醒めた言い方だと思うと、かえって気が楽になって言いたいことが言えそうな気がした。歓迎したくない話題だからか、千絵は視線を落として黙ったまま、浩介の次の言葉を待っている。

「そりゃあ大変なことだと思うけどさ。訊きたいのはちょっと別のことなんだ」

千絵が視線を上げて、構える表情になった。

「要するに先週のあれは、兄貴の代わりってことなの?」

「代わりってどういうこと?」

「つまり、兄貴とはもうできないから、僕をその代わりにしたわけでしょ。僕のことを好きだって言ったけど、そんなのは嘘っぱちで、ただエッチしたいだけだったってこと?」

義姉は切れ長の目で浩介を睨んだ。そしてまた視線を落としたが、その目にふと寂しそうな色が浮かんだように見えた。

「そういうことじゃないわ。どうしてそんなふうに考えるのかしら」

「違うの? じゃあ、兄貴のこととは関係ないんだ。好きだって言ってくれたのは本当のことなの?」

千絵は黙ったまま顔を上げようとしなかったが、くちびるはいまにも開きそうな感じに見える。慎重に言葉を選んでいるのか、あるいは選んだ言葉を口にしかけて躊躇《ため》っているようでもあった。

「ねえ、何とか言ってよ。そうじゃないってことは、僕のこと、受けとめてくれたって考えていいんだよね」

焦《じ》れったくなって言うと、千絵は俯いたまま力なく首を振った。だが、義姉の中で何かが盛んにせめぎ合っているようで、必ずしも浩介の言葉を否定しているようには思えなかった。

「言えるわけないでしょ、そんなこと。浩介くんももう大人なんだから、それくらい理解できるでしょう。言えないっていうか、言ってはいけないのよ。わかるわよね、そこまで言えば」

ようやく顔を上げて、浩介を諭《さと》すように言った。終わりの方は独り言のような呟きになったが、言わないことですべてを語るような、ある意味では雄弁な沈黙だった。

だが、それこそが浩介の聞きたかった言葉なのだ。

「そんなのズルイよ。ちゃんと言ってよ。言ってくれなきゃ、わかんないよ」

「そんな、聞き分けのないことを言わないでよ。わたしを困らせないで」

「どうして困るのさ。べつに誰かに聞かれるわけじゃなし。僕に言うだけなんだから、何も困ることなんかないじゃないか」

なおも食い下がったが、義姉が本当の心を口にすることはないだろうと、どこか諦めながらしゃべっているようなところがあった。

「わかった、もういいわ。最初に言ってた通りよ。浩介くんはあの人の代わりだったの。ただ、それだけのこと。あの人の体が回復しそうにないから、だから代わりにあんなことしたの。そういうことでいいでしょ」

義姉はいきなり、怒ったような口調で捲《まく》し立てた。まさに聞き分けのない弟を叱りつけるような物言いだった。

「何だよ、それ。どうして、わざとそんな酷い言い方するのさ」

「だって、仕方ないじゃない……そんなふうに言うしかないでしょ」

千絵は急に声を落とし、そう言ったきり俯いてしまった。肩に髪がかかり、微かに震えはじめた。浩介は自分の言い方が義姉を追い詰めるだけだったことにようやく気がつくと、いたたまれなくなって思わず彼女を抱きしめていた。

言ってはいけない――千絵の言葉は二人の関係を明快に表している。もし言ってしまえば、それは様々なものを崩し、壊してしまいかねない危険を孕《はら》むものになる。禁じられた関係だからこそ、真実は隠し通さなければならないということか。だが、お互いがわかっているなら、それでいいのかもしれないという気もしてきた。

「わかったよ。僕は兄貴の代わりなんだよね」

浩介は悟りきった穏やかな口調で言い、義姉の頬にくちづけをした。千絵の震えは止まり、代わりにわずかな強張りが腕に伝わってきた。やがて千絵が躊躇いがちに顔を上向けると、自然にくちびるが重なって、時間が止まったようなとても穏やかなキスになった。千絵の体はみるみる柔らかくなっていった。

「いいよ、単なる代用品でかまわないさ。充分だよ。それならそれで、立派に代わりを務めてやるだけだからね」

わざと卑下した言い方になって、もう一度くちびるを重ねると、どちらからともなく舌が伸びて絡み合った。穏やかにくちびるを触れ合っていたのが、にわかに熱を帯びたキスになり、互いの息遣いが荒くなっていった。温かな吐息が溶け合って、自然に唾液が混ざり合う。

抱きしめた手で背中をさすり、髪を撫で、一方では腰を抱き寄せた。意外にふくよかな肉の感触が、もう慣れ親しんだもののように感じられるのがうれしい。千絵の手が遠慮がちに腰を摑んできたが、指先に少しずつ力が籠もりはじめ、やがてその手は背中まで伸びてきた。

浩介は彼女の髪に指を潜らせ、荒く撫で回した。くしゃくしゃになったセミロングの髪が彼の手を覆い隠し、甘い匂いを放ったようだった。

絡め合った舌がますます活発に蠢いて、唾液の海を泳ぎ回った。時折、争うように激しく押し合い、または吸い合って、それとともにブレンドされた唾液が流れ込んできた。

禁じられた二人の立場を悟ったことで、堰《せき》が切れたようだった。浩介は熱い思いをぶつけ、烈しく義姉を求めていた。それは彼女も同じだということが、積極的な舌使いから感じられた。

「兄貴の代わりなんだからさ、ここじゃなくて寝室に行きたいな」

夫婦の寝室で義姉を抱く――これほど刺激的なことはないだろう。以前、未遂で終わったことを考えると、なおさらその思いが強くなった。

浩介が腰を上げると、千絵は躊躇う気配を見せたものの、結局は拒むこともなく体を預けるように立ち上がった。潤んだ目の周りをうっすら紅潮させて、昂奮は隠しきれない様子だ。

ベッドルームに入ると、何やら甘ったるい香りが鼻腔をくすぐった。兄の不在が長引いていて、〝女の部屋〟になりつつあるのかもしれない。相変わらず二つ並んだままになっている枕だけは夫の存在を主張して、それが背徳の匂いを感じされてくれるようでもあった。

浩介はベッドカバーと掛け布団を一緒に捲《めく》り上げて、真っ白なシーツの上に義姉を座らせた。スポーティなツインニットのカーディガンを脱がせ、折り重なるように横たわった。

「本当はね、この家に招かれても、寝室だけは絶対に足を踏み入れたくなかったんだ。見るのも嫌だったんだよ」

そっとキスをしてからそう言った。兄に招かれてよく来ていた頃のことが思い出され、いまこんなふうにベッドに横たわっているのが夢みたいだった。

「そうだと思ったわ。何となく敬遠してる感じはしたから」

息がかかるほど間近にくちびるを寄せて話すのは、とても官能的で悩ましかった。千絵のかすれ気味の声もセクシーで、大人の性空間を味わっている気分にさせてくれる。

「どうしてだか、わかる?」

千絵は黙って頷いた。そして、せつなそうな瞳を真っ直ぐ向けたかと思うと、瞼を閉じてくちびるを差し出した。くちづけた瞬間、千絵の舌がにゅっと割り込んできた。温かな鼻息がかかり、浩介の息も荒くなる。二人の舌がまた妖しい格闘を始めた。

半袖のニットの上からバストに手を這わせ、ふくよかな隆起をなぞっていく。つるんとしたブラジャーのカップの感触と、その下の肉の柔らかさが手のひらに伝わった。軽く鷲掴むと、むにっと歪んで心地よい手触りだ。そのまま円く揉み回していくと、バストが迫り上がる感じがして、千絵の深い吐息が洩れた。

揉みながら親指で乳首の在処《ありか》をさぐっているうちに、ここだと呼びかけてくるようにしこりはじめた。指を立ててそこをかくと、ブラ越しでちょうどいい刺激になるのか、あえかな吐息の中に甘く鼻にかかった声が混じりはじめた。

浩介はくちびるを頬から耳へと移動させていった。甘えるような喘ぎ声をもっと聞きたくなったからだ。感じやすい耳朶やその裏側を舌で愛撫すると、狙い通りに千絵の声がしだいに高まっていった。

耳朶を甘咬みしたまま熱い息を吹きかけ、さらに乳首を攻め続けた。すっかり尖り立っているのがわかるほどだから、それだけ伝わる刺激も鋭くなっているに違いない。

「あ、あっ……あーん……んんっ……」

鼻にかかった声とくぐもった声が交錯している。千絵の上体がくねりはじめ、性感の高まりが顕わになった。浩介はなおも乳首を攻めてから、今度はその手を下腹の方へ這い下ろしていった。

スカートはシフォンジョーゼットの薄い生地で、平らな下腹部から秘丘の優美なカーブがもろに伝わってくる。性毛が濃いせいもあって、微かなざらつきまで感じられた。指を強めに押しつけて撫で回すと、硬い恥骨の上に載った柔肉が捩れ、その奥の谷間にまで響いていくようだ。おそらく閉じた肉びらが微妙に擦り合わさっているに違いない。

と、ストッキングの感触がないことに気づいた。暖かかったせいか生脚なのだ。浩介は太腿へ手を伸ばし、内腿から這い上って秘丘の三角地帯をなぞり、さらにまた太腿へと巡る周回を重ねた。

すると千絵の内腿がしだいに開きはじめ、秘丘から谷間へと続くラインが指に触れるようになった。浩介はそこで周回のスピードを落とし、谷間の柔肉の感触を軽く辿ってから丘に登るようにした。薄いスカート地が指先に纏いつくようにたわむ。内腿の隙間はますます広がって、谷底に長く留まってほしそうな気配を見せる。

「んんーんっ……んっ……」

千絵が悩ましげに鼻奥で喘いだ。先を急いでくれと言っている。だが、浩介は焦らすように周り続け、いったん下腹まで這い上ってから再び太腿へ戻ったりもした。腰が右に左に揺らぐのは、やはり焦れてきた証拠だろう。

浩介は膝丈のスカートを手繰り寄せて、引き上げた裾から手を潜り込ませた。待っていたように千絵の脚がまた広がった。だが、直接触れるようにしただけで、這い回るコースは変えなかった。

「はあーん……」

期待が空回りしてもどかしいのだろう、いっそう鼻にかかった声が響いた。

そうやってさんざん焦らしておいてから、人差し指と中指を揃えて、いきなり谷底をぐにぐにっとさぐっていった。薄いパンティの下で秘肉が捩れ、じわっと染み出した花蜜で瞬く間に湿地帯と化していく。

千絵は昂奮と安堵の入り混じった声で喘ぎ、腰を波打たせた。かなり気持ちよさそうな様子に勢いづいて、さぐる指使いがつい荒くなってしまうが、彼女にはむしろその方がいいらしい。悶え方がさらに顕著になるのだ。

浩介はパンティのゴムをずらして官能の湿地帯に踏み入った。熱くぬかるんだ媚肉の重なりを指先でにゅるっとかき分けると、蕩けた肉が淫蜜の源泉へ素早く導いてくれた。突き立てただけで難なく埋没してしまい、入口の肉の輪と奥の濡れ襞が指を締めつけてきた。

抜き挿しをしながら、指先を少し曲げてぬめった肉襞をさすってやり、いったん入り口付近まで退《ひ》いて、ぐるぐる円を描いて擦り回した。

「あっ、ああーん……い、いいっ……ああ、それ……」

途端に甲高い声が上がり、千絵の腹部がアーチ状に反り返った。敏感なスポットをいきなり嬲り回され、腰がぶるぶる震え出すのを抑えられない。

「ずいぶん気持ちよさそうだね。兄貴にその声を聞かせてやりたいよ」

義姉の耳元で囁いた。里香の羞恥を煽るのに慣れているせいか、つい同じような態度に出ていた。巧く焦らして彼女を感じさせることができたから、余裕が生まれたぶんだけしたたかにもなれる。もっとも、兄にこのよがり声を聞かせてやりたいと思うのは本当で、それが背徳感を誘ってやまないのだ。

「ああん、意地悪ね……あの人のことなんか、言わないで……」

拗《す》ねたような声が、浩介にいっそうの自信をもたらして、もっと玩弄してやりたい気分になる。

「義姉さんて、本当にいやらしい体をしてるよね。ほら、中でこんなにひくひく動いてるよ。なんか、生き物がいるみたいだよ」

妖しく蠢く粘膜は、本当に生き物が棲息しているような錯覚さえ与える。指に食いついて離れまいとするようでもあった。

千絵はいやらしい言葉に煽られて、さらに蠕動《ぜんどう》を強めた。指を二本にして、なおも攪拌《かくはん》していくと、溢れる淫蜜で指の付け根までべとべとになってしまった。パンティにもぐっしょり染み出しているに違いない。

浩介はいったん指を引き抜いて、着ている物を脱がせていった。半袖ニットを脱がせ、シームレスのブラを外して取り去る。その手指がべっとり濡れて光っているのに千絵は気づいたようで、恥ずかしげに顔を背《そむ》けた。

スカートまで脱がせてたところで、最後の一枚は残して、じっくり脱がせてやろうと考えた。先に自分も裸になろうと素早く脱いでいき、Tシャツとトランクスになった。そこで浩介の手が止まった。ベッドの下の方から、コトッと何か音が聞こえたのだ。

音がしたのは、ベッドの横のドレッサーだった。開きの扉が付いていて、それが少しずれて中から何かが出ている。何だろうと思ってよく見ると、スイッチの付いた細長い電気器具のようだった。

――ん!? まさか……。

どうもバイブレーターのような気がした。実物は見たことがないが、写真では知っている。にわかに興味が湧いてベッドから下りた浩介は、千絵が慌てて止めようとしたところで確信した。扉を開けてみると、果たしてそれはバイブレーターだった。開いた扉から落ちて、バッテリーボックスの部分が見えていたのだ。肉茎の部分は半透明の白で、リアルな疑似ペニスだ。浩介の怒張した状態よりも一回り太い。

「何、コレ？」

浩介は取り上げて見せながら言った。義姉はさっきよりもさらに頰を紅く染め、顔を背けた。羞恥を懸命に堪《こら》える面持《おも》ちだ。

「なるほどね。そういうわけか」

浩介は一瞬にしてすべてを悟った。ドレーッサーにしまったはずが、扉がきちんと閉まっていなかったので、開いて落ちてしまったのだ。おそらくそれは、浩介がインターフォンを押すまで、このベッドの上で義姉が使っていたに違いない。応答するのが遅かったし、それからさらにドアを開けてくれるまで間があった。来訪者が浩介とわかって、急いで寝室に戻って慌ててしまい込んだため、しっかり扉を閉めていなかったのだろう。

「これで遊んでたから、呼んでもすぐに出てこなかったわけだ。ふーん、そういうことだったのか」

浩介はバイブを手でぶらぶらさせながら、ベッドに戻った。そして、千絵の顔の前に突き出した。

「こんなので遊んでるんだ、義姉さんは」

「やめてっ！」

「いいじゃないか。だって本当のことでしょ。ね、これどうやって使うの？　教えてほしいな」

電源スイッチと何かの切り替えダイヤルがある。どうせ操作方法なんて簡単だろうから、ちょっといじってみればすぐわかると思ったが、わざわざ千絵に訊いてみた。

浩介が執拗に迫ると、千絵は諦めたように教えてくれた。スイッチを入れて動き出したバイブは、意外にモーター音が静かだった。

「これは何？」

「強弱の切り替え」

「ふーん、三段階になってるわけか……。あ、ホントだ。これは？」

「……いろいろ替わるのよ」

「何が替わるの？」

千絵はちょっと間を置いてから、吐息のような声で答えた。

「動き方……」

切り替えてみると、全体がくねくね動いたり先端だけが動いたりと、振動しながらいくつかの動きが切り替わるようになっていた。動かずに振動だけというモードもある。

「義姉さんは、どれが好きなの？　いつもどれでイクのか教えてよ」

「いやよもう……許して」

千絵はまた顔を背けてしまった。だが、どれが好きなのかは何となくわかる気がする。そうなると実際に試してみたくなるのは当然のことだ。

「ああ、何するの、やめて」

「何するのって、そんなの変だよ。いつも自分で使ってるくせに」

まずは振動のみのモードにして乳房に当てると、千絵は身を捩って逃れようとした。だが、絶対に嫌だという拒み方ではない。動かないように肩を押さえつけると、顔は背けるものの、乳房は隠したりせず晒したままになった。

柔らかな双つの丘にバイブレーションを加えると、それだけで千絵のくちびるから喘ぎが洩れる。乳首に触れようものなら、びくっと体を痙攣させ、肩をすくめてしまう。なかなか鋭い反応だった。

秘肉の方がもっと凄いはずだと、浩介の狙いは淡いパープルのパンティに隠された部分に向かった。さきほど手指を這わせたコースをなぞるようにバイブを移動させていく。秘丘から三角地帯の中心に到達したところで、早くも千絵の腰のくねらせ方が激しくなった。横に揺らしたり、腿を擦り合わせるようにしたり、少しもじっとしていられないのだ。

脚を広げさせると、パンティに大きな染みが浮いていた。染みというより、クロッチ部分がほとんど湿っているような状態だ。浩介の指弄だけでそれくらいになってしまったことは充分考えられる。

浩介は切り替えモードを全体がくねるようにして、バイブを寝かせてその恥ずかしい濡れ布全体に押し当てた。くねったバイブの振動が蜜壺から肉芽へ、さらにはアヌスのあたりまで、万遍なく伝わっているはずだ。

「ああーっ！　……はあんっ！　んん……んんんっ……！」

鋭いよがり声を上げて、義姉の腰が大きく跳ね上がったかと思うと、続いて妖しくうねりながら、こちらに押しつけてきた。浩介はただバイブを当てているだけなのに、体が快楽を求めて、そんなふうに勝手に動いてしまうようだった。

続いてバイブを起こして、先端を埋め込むかのように突き立てていった。くねくね動くから、まるでトンネル工事で山を鑿岩《さくがん》しているみたいだが、ぶれてしまってやりにくいので振動のみに戻した。

染みは完全にクロッチ全体に広がってしまい、どれだけの花蜜が溢れ出たのか想像もつかない。充血した花びらが開ききっているらしいのは、バイブを当てた感じで何となくわかる。

浩介はいよいよ全裸に剝くことにして、バイブをあてがったままパンティのウェストに手をかけ、秘丘が見えるくらいまで両サイドを引き下ろした。平らな下腹が途中で盛り上がり、黒々とした性毛の繁りが顔をのぞかせた。

秘丘全体が露わになってもなおバイブを突き立てたままにして、太腿まで剝き下ろしていった。裏返ったクロッチが淫蜜でべとべとになって、バイブを当てた部分が秘肉を押し潰すように食い込んでいた。案の定、花びらは開ききって、大粒のクリトリスがすっかり露出している。

千絵は気持ちいいからか、あるいは早く脱がせてほしいのか、ずっと腰を浮かせ気味にしている。浩介は淫花の状態を確かめようとバイブを離し、太腿に引っかかったパンティを脚から抜き取っていった。

開脚させると予想通りの淫景が現れた。撚《よ》れた花びらがすっかり開ききって、楕円というより円形に近い。花蜜はほとんど下着に吸い取られたようだが、それでも淫肉をぬめ光らせるには充分な量が付着していて、パールピンクの秘粘膜が淫靡な輝きを放っている。

顔を近づけてみると、熟れた牝の匂いが鼻腔に侵入して、牡の本能を烈《はげ》しく揺さぶった。ペニスは完全に芯が通って、ほとんど勃起に近い状態になっている。浩介はクリトリスをぺろっと舐め上げて千絵の腰を躍らせると、再びバイブレーターを押し当てた。

「ひっ……！」

千絵は小さな悲鳴を呑み込んで、腰をぶるぶる震わせた。バイブで直接刺激されて、快感が急上昇したのだ。花芯から肉の芽を往復させると、蜜が溢れてみるみる洪水状態になる。アヌスの方にまで滴るのをバイブで追いかけると、すぼまりに触れた途端、気持ちよさそうにきゅっと引き締まった。

バイブ自体も夥しい淫蜜にまみれ、ぬるぬるになっている。蜜壺に戻って突き立ててみると、秘孔が広がって太いバイブを易々《やすやす》と呑み込んでしまった。同時に千絵の喘ぎが搾るように長く尾を引いた。

浩介はゆっくり抜き挿しを始めた。太い疑似ペニスが出入りするたびに、秘孔の肉がめくれ出たり押し込まれたりするさまは見るからに卑猥だ。

「義姉さんがこんなの使ってるとは思わなかったよ。ホントに淫乱なんだな」

スライドの速さを変化させながら、わざと呆《あき》れた口調で言った。すると千絵は、背けた顔を枕に押しつけて羞恥を堪えている。だが、開いたくちびるから呻くような喘ぎが洩れ続け、横顔も喜悦の色を隠していなかった。

浩介はバイブを浅いところまで退いて、モードを切り替えた。先端だけが動くようにしたのだ。それによって入口付近の柘榴の襞がぐりぐり刺激されるので、これが最も好きなやり方に違いないと浩介は踏んでいた。

途端に千絵の喘ぎ声が鋭く高まって、慌てて枕を咬んで押し殺そうとした。それでも呻くような声は洩れてしまい、下半身が小刻みに震えている。快感の度合いがいかに高いかを如実に示していた。

浩介は彼女の横合いに移動して、バイブを使いながら同時に乳房をこねていった。すでに硬く尖り立った乳首を転がしながら、荒々しい手つきで揉みしだいたのだ。

千絵は右に左に体をくねらせて、もがいた腕がしゃがんでいる浩介の太腿に当たった。その手を取ってトランクスの股間に導くと、一所懸命握ろうとしてきた。ところが、これだけ喘ぎ乱れているせいでやはり手元が覚束《おぼつか》ない。浩介はいったんバイブを抜いて、ペニスを好きにいじらせてやった。

それを待ち望んでいたかのように、義姉は肉棒をしっかり握って硬さを確かめる。ほとんど勃起状態にまでなっていたペニスは、しなやかな手指に包まれると、完全に怒張して大きくエラを張った。

千絵は背けていた顔をこちらを向けて、蕩《とろ》けた視線で手元を見つめた。うれしそうに揉んだり擦ったりを始めたものの、トランクスがいかにも邪魔そうで、脱がせようとしてきた。浩介は腰を浮かしただけで、義姉が脱がせるのに任せた。

怒張したペニスが全貌を現すと、その聳《しよう》然《ぜん》たる威容に義姉の瞳が輝いた。しばらくは見惚《みと》れるようにいじり回していたが、おもむろに半身を起こして顔を寄せ、ぱっくりと咥え込んでしまった。

「うっ……」

温かな口腔粘膜につつまれただけでなく、いきなり舌嬲りが始まったので、不意を衝かれて思わず呻いてしまった。だが、いったん心構えができると、先週ほど巧みな舌戯に翻弄されることもなく、愉悦をじっくり味わう余裕が生まれた。

浩介はここで一度、放出してしまおうと考えた。そうすれば後が長持ちして、たっぷり快楽に浸ることができる。義姉のおしゃぶりに身を任せ、いつでも射精して構わないと思うと、その分、よけいにリラックスできてよかった。

「義姉さん、コレ好きだろう？」

浩介が尋ねると、千絵は太い肉棒を頬張ったまま頷いた。

「兄貴とどっちがいい？」

この前、言いかけて躊躇してしまった問いだが、すんなり口を衝いて出たのは、いまはそれだけ自信が持てるということだ。だが、千絵は反応を見せずにしゃぶり続けるだけだった。

「ちゃんと答えないと、コレはあげないよ」

そう言って浩介は、強引に腰を退いて義姉の口からペニスを抜いてしまった。千絵はじっとペニスに視線を留めたまま、せつなそうな表情を見せた。

「あなたの方がいいわ。だって、あの人……」

淡泊であまり強くないのだと赤裸々に語った。もちろん夫としては申し分ないのだろうが、性的に満足させられるだけの精力や技巧はどうやらないらしい。

──ということは……。

義姉が彼を求めたのは、兄の勃起不全とはあまり関係がないということだった。そして、それを言ってはいけないというところに義姉の心が見えた。

浩介は心を躍らせた。ペニスを突き出してやると、すかさずねっとりした舌戯が始まった。明らかに舌の勢いがさっきより激しくなっている。夫のことを話して吹っ切れたのだろう。

亀頭の裏側を小刻みに舐め上げ、雁首の括れも巧みに捉えて刺激する。そして、顔を横にしたかと思うと、肉茎にくちびると舌をべっとり押しつけてスライドさせたりもした。逞しいペニスに目も眩むような快楽を送り込まれ、あまりの心地よさに浩介の腰も自然に動き出してしまう。

すると千絵は、さらに強く押しつけて、亀頭から睾丸まで万遍なく愛撫してくれた。浩介の方が勢い余って、くちびるから肉茎を外してしまったりもするが、それでもかまわず、鼻や頬も含めて顔全体を擦りつけながら巧みに舌を使うのだった。

「出るよ、もうすぐだ……ああ、義姉さん……」

みるみる性感が高まって、切羽詰まった声で言うと、千絵が素早く亀頭を咥え込んできた。そして、大きくスライドさせながら吸引してきた。腰の動きが無意識のうちに速まって、瞬く間に頂点に達してしまった。夥《おびただ》しい精液が迸《ほとばし》り出て、義姉の喉奥を何度も叩いたのだった。

ペニスに食らいついていた千絵は、一滴もこぼさずに口で受けとめた。そして、昂奮の面持ちで喉を鳴らし、嚥下《えんか》した。

浩介は荒い息で快感の余韻を味わっていたが、千絵はすぐにまた咥え込んできた。だが、射精後の敏感なペニスを刺激することはなく、そうやってしばらく咥えたままでいた。ようやく舌が蠢いたのは、肉棒の硬さが弱まって半ば萎えかかった頃だった。

ゆっくり穏やかな舌使いだが、確実に勃起させるという意志が感じられる。浩介も今度は秘穴に激しく突き入れてやろうという気構えでいる。ペニスは義姉の口の中でじわじわ膨張して、しだいに心地よい圧迫感が高まっていった。

やがて千絵は、逞しく屹立した肉棒を吐き出して、ご褒美を待つように浩介を見上げた。軽い武者震いを感じながら、浩介は彼女の足元に回り込んだ。広げてくれた両脚の間に腰を据えて、いきり立ったペニスを握りしめた。

「入るよ、義姉さん」

秘孔に亀頭をあてがって、あらためてそう言ったのは、いままでの交わりとは違うものを感じていたからだ。〝言ってはいけないもの〟をお互いに意識した上で繋がることが、言い知れぬ昂奮をもたらしていた。

千絵もそれは同じだったかもしれない。彼の言葉を聞くと、まだ挿入を始める前なのに、早くもくちびるを喘がせたのだ。

浩介は腰をじわっと前に押し出した。濡れた秘孔が割り広げられるのが見えた。亀頭に心地よい緊縮感を感じながらなおも押し続けると、先端が締めつける肉の輪を通り抜けて、肉襞の密着感に包まれていった。それから奥まで一気に埋め込んでいった。

「入ったよ。義姉さんの中って、すごく温かくて気持ちいいんだ……」

「あなたのも素敵よ。こんなに硬くて、とっても逞しいわ。ああっ……」

先に動いたのは義姉だった。下から腰を迫り上げるようにして、自ら摩擦感を求めたのだ。浩介もすぐに呼応して、ずんずん腰を動かした。愛蜜に濡れた肉棒が見え隠れするさまを目にしたのは初めてだ。千絵が上になった時も、ここまではっきり結合部を見ることはできなかった。

秘孔は肉茎にぴったり密着していて、律動するたびに入口の肉が内に外に捩れる。さっきバイブでやった時にも見たが、自分が繋がっているのと器具とでは卑猥さに格段の差があった。

——そうだ、バイブ！

浩介は傍らに置いたバイブレーターを手にとって、スイッチを入れた。先端を下腹に当てて、絵でも描くように這い回しながら、敏感な一点に少しずつ近づけていった。抽送を続けつつこんもりした毛叢まで行くと、恥骨から振動が伝わるのか、千絵の喘ぎが高まった。

だが、その下の肉芽に到達した途端、それを遥かに上回る激しい反応が起きた。短い絶叫とともに、腰が弾かれるように跳ね上がって、結合が解けてしまったのだ。浩介はあまりに鋭い反応に啞然としてしまった。

もう一度インサートして、今度は片手で千絵の腰骨を押さえながらバイブを当てた。そうすると、律動しながらクリトリスを攻めても同じことは起きなくなった。それでも肉壺の反応は激しく、粘膜の痙攣するような動きとともに強力な締めつけに見舞われたのだ。

――これは凄いぞ。一回、射精しておいて正解だ。

千絵は全身を悩ましくくねらせて喘ぎまくった。クリトリスだけでなく乳首もバイブで攻めてみると、同じように狂乱の体《てい》になる。予想を上回る効果に驚く他はなかった。

「ああ、いい！　もっと……もっと来て！」

千絵は悶えながら腰をさらに押しつけてきた。浩介は乳首とクリトリスを交互に攻めながら、ストロークを速めていった。たっぷり溢れた愛蜜が滑らかな摩擦感を生んでいるから、激しく突き入れるくらいがちょうどいい。

バイブの振動も最強にしてやった。千絵はアクメに向かって一気に加速したようで、身悶えがいっそう激しくなった。髪を振り乱して、くちびるの端から涎《よだれ》が垂れかかっている。こんなあられもない姿を目の当たりにして、浩介は感動もひとしおだ。

「ああぁっ、だめっ……もう、だめぇ！」

突然、両手を突っ張らせたかと思うと、千絵は腰を浮かせたまま硬直してしまった。肉壺がペニスを秘奥に引っ張り込むように収縮した。だが、すぐに腰が沈んで体の突っ張りが治まったから、軽いアクメだったようだ。

浩介はいったんペニスを引き抜いた。まだ義姉に試していない体位で交わりたいと思ったのだ。それは背後位で、里香とは一度だけやってみたが、その時は体勢が崩れるようになって長くはできなかった。義姉には怪我をした膝のことを考えて諦めていたが、だいぶ回復しているようなので、可能ならやってみたいと強く思いはじめていた。

「四つん這いになっても大丈夫?」

「えっ……ええ、たぶん」

義姉は彼の意を察して頷くと、ゆっくり腰を上げた。アクメの名残でボーッとした表情だが、濡れた瞳が妖艶な色香を放っていた。

慎重に四つん這いの体勢になったが、意外に大丈夫そうだった。下がマットレスで柔らかいし、膝を着けても金属の入った部分が直接圧迫されるわけではないので、問題はなさそうだ。

「本当に、こんな恰好でするのね……」

千絵の声に不安げな響きはなく、むしろ悦びすら感じられた。もしかしたら、兄はあまりバックでやっていないのかもしれない。

「そうだよ。前からしてみたかったんだ」

浩介は念のためにゆっくり挿入して、慎重に動きはじめた。激しくはないが、ぎりぎりまで退いて奥まで突き入れる、ストロークの長い抽送にした。その方が肉壺の感触がよくわかるのだ。一度アクメに達したからか、中はすでにひくひく蠢いて、かなり感じているように思えた。

先端を秘奥に押し当てて小刻みにつんつん突いてやると、さらに性感が高まるようだった。浩介は大きなストロークと、奥まで行って律動するのを織り交ぜながら抽送を続けた。

千絵の様子を窺いながら、少しずつ動きを速め、突きを力強くしていった。すると肉壺の緊縮感も高まって、愛蜜の粘度がしだいに増していった。白っぽく濁るようになったのだ。

肛門が呼吸をするみたいに引き締まったり弛緩したりを繰り返しているが、ペニスがきゅっと強く搾られる時には、放射状の皺が一緒に収束するのだった。まるでアヌスに締めつけられているみたいだ、と感じた浩介は、またバイブ攻めをしてやろうと考えた。この体勢はアヌスを責めてほしいと言っているようなものだった。

浩介は浅い位置での抽送に変えると、とりあえずバイブの振動を弱にして、先端をすぼまりに当てた。すると、双臀がそれを挟み込むように引き締まり、義姉の口から悩ましい声が上がった。

「ああ、だめだめっ！　そこはだめよ……いやぁぁん！」

いかにも慌てた声だが、どこか甘えた感じも含んでいて、本当に嫌悪しているように思えないところがあった。とりあえずアヌスを攻めながら浅い抽送を続けていると、千絵は何度も〝やめて〟を繰り返したが、その声はしだいに弱々しくかすれ気味になっていった。感じているのは間違いなさそうで、やはり羞恥心が言わせているのだろうと思えた。浩介のアヌスを舌であれだけ責めることができたのは、他人の羞恥を煽るのは愉しいということか。

肛門へのバイブ攻めによって、あきらかに花蜜の量が増して、ぬめった摩擦感がますます心地よいものになっている。バイブレーションを強にしてすぼまりに強めに押しつけると、千絵の体からも力が抜けていった。

「ダメよぉ……あっ、あっ……やめてっ……」

必死の声に、あられもなく乱れてしまうことへの危惧が現れているようだ。裏を返せば、それだけ感じやすいということに他ならない。それなら浩介に選択肢はなく、このまま突き進んでいくだけだった。

「ここがそんなに感じるんだ。もしかして、ここに入れたことあるの？」

「ないわよ、そんなの。やめてよ、変なこと言い出さないでね。お願いだから……」

「ということは、義姉さんのここはバージンてわけだ。なるほど、そうか！」

「いやよ！　何てこと言うの。そんな変態みたいなこと、やめてちょうだい。絶対やめてね」

千絵が訴えるほどに、貫通させたい衝動が高まってしまう。卑猥なバイブレーションが義姉の体を芯まで揺さぶっているのか、言葉とは裏腹に、ますます快楽に蕩けて骨抜きになっていくようだ。背中からウエスト、ヒップへと続く優美なラインが、本人の意志とは違う妖しいうねりを見せている。

浩介はバイブを置いて、何度か深いストロークを見舞ってからペニスを引き抜いた。弓反りの肉茎に、すっかり白くなった淫液が膜のように付着している。それをしっかと握りしめ、後ろのすぼまった穴に押し当てた。簡単に挿入できるとは思えないが、硬さは申し分なかった。

じわじわ腰を押し出すと、亀頭の先端がすぼまりをこじ開けるかに見えて、押し返されてしまう。里香のバージンをいただいた時のことが甦る。あれも根気よく粘り続けた結果だったから、浩介は焦《あせ》ることなく、一歩一歩突き進んでいた。

立ち塞がる城門の前で孤立無援の戦いが続いたが、硬く収束していたすぼまりがほんの少し緩み、亀頭の先端がやや沈みかけているのが心強い。もっとも、そこから先が困難を極め、容易には入っていかなかった。

と、いままで硬かった皺肉がふっと軟らかくなって、亀頭の半分近くがめり込んでいった。それまで拒んでいた千絵が、ほんの一瞬、気を緩めたようだった。

半分でも入ればチャンスは巡ってくるというもの。千絵が再び門を閉ざせないように、半分埋まった肉塊を楔《くさび》にすべく、ずんっ、ずんっ、ずんっと力強く腰を押し出した。

だが、それでも入らないのは、肛門がきついだけではなさそうだ。蜜壺に挿入する時のような潤滑剤が足りないのだ。さっきまで秘孔に収まっていたペニスには淫液が付着しているものの、もうぬめり感が乏しくなって効果はあまりなさそうだった。

その時、浩介はふと参考になりそうな義姉の技巧を思い出した。先日、彼のアパートで体を重ねた日のことだ。義姉は亀頭を揉みあやしながら、滑りが悪くなると唾液を垂らして潤滑液にしていた。それを応用すればいいと考えたのだ。

そこで、ペニスを強く突き立てたまま、指に唾液を付けて、亀頭とアヌスの接するあたりに塗り込んでいった。たっぷり唾液をまぶした指で何度か塗りつけると、ぬめった感じがして少しは楽になりそうな気がした。渾身の力を腰に込めてなおも押し込むと、ほんの少しだが、ずりっと滑り込む感覚を得た。アヌスの締めつけが緩んだようだった。

「ああ、いやよ、そこはダメなの！　ああ、もう……だめ……」

ずっと亀頭が半分潜り込んだ状態でいたから、アヌスは半開きのままだったわけだ。その状態で力を入れ続けることが難しくなって、また緩んでしまったのだろう。あるいは、千絵自身が心のどこかでアヌス舐めの快感を思い出したのかもしれない。ペニスを挿入されるのとは違っても、アヌスが気持ちいいことを知っているのだから、そういう心理が働いても不思議ではない。その証拠に、バイブを押しつけた時と同じように、拒む声にも甘い響きが含まれていたのだ。

浩介は亀頭が半分以上潜った状態から、肉棒の角度をキープしてさらに力強く突き込みを続けた。そして、じわじわと肉を割り開き、ようやく城門を潜り抜けることができた。

だが、貫通の感動に酔う暇もなく、今度は肉茎がきつく締めつけられた。中の方の粘膜が亀頭を軟らかく包み込むのは秘孔と同じでも、入口の強烈な緊縮感が半端ではない。そこからすんなり埋め込むことはできず、じっくり時間をかけて侵入していくしかなかった。

「ああん、それはだめなのに……いやあぁーん……」

義姉はすっかり甘え声に変わっていた。鼻にかかって何となく間延びした、妙に幼い感じの声になったのだ。そんな声を聞いて、浩介は義姉をいとおしく思った。初めて会った時は、恋愛の対象にすらならないほど大人の女だった千絵が、いまは無性にいとおしく感じられてならなかった。

ようやく奥まで挿入しきったところで一息つくと、初めてのアナルファックにじわじわと高揚感を覚えはじめた。排泄器官に挿入していることの異様さと、兄もやっていない、千絵に残されたバージンをいただいた昂奮が合体して、さらなる昂りをもたらしたのだ。

それからゆっくり動きはじめると、強烈な緊縮でペニスがちぎれるかと思うほどだったが、不意にそれが弱まった。きつく締めつけていた肛門の力が弱まって、少し動きやすくなったのだ。どうやら、千絵が意識的に緩めてくれたようだった。おかげで楽になっただけでなく、今度は鋭い快美感となって浩介の背筋を震わせた。

――おおっ、すごい……これは気持ちいいぞ！

浩介は胸の中で快哉《かいさい》を叫んだ。千絵はどうして緩めてくれたのか。入れられてしまったら諦める他はないと考えたのか、あるいは緩めることで彼女自身が快楽と昂奮を味わえるのかもしれなかった。波のようにゆったり揺れる彼女の背中を見ると、穏やかで心地よさそうな感じが窺えるのだ。

「義姉さん、最高だよ。すごく締まって気持ちいい。お尻の穴なのに、こんなにいいなんて信じられないよ」

「あんっ、そんなこと言わないで……だめよ、そんないやらしいこと……ああんっ！」

千絵は羞恥に震える声で窘《たしな》めるが、やはり昂奮を隠しきれないようだった。小刻みに動いていた浩介は、しだいに抽送の幅を広げていった。抽送自体に慣れてきたこともあるし、愉悦感が自然にそうさせる面もあった。

だが、浩介の腰の動きがしだいに大きくなると、やはり千絵の膝がつらくなるようだった。結合した位置がだんだん低くなるのに気づいてよく見ると、千絵が膝の負担を減らせるように、右脚に少しずつ重心を移しているのだ。

それなら別の体勢を取るしかない。だが、いったんペニスを引き抜くのだけは避けたかった。もう一度挿入する困難さを想像すると、できれば結合したまま体位を変えたいと思うのだった。

「このまま横になってくれないか。あっ、抜けないように注意して」

繋がったまま千絵を仰向けにしようと考え、慎重に体勢を変えていった。体を横向きにしながら、脚を大きく折りたたまないと上向きにはなれない。

ゆっくり反転させて巧く脚を抜くと、最初に秘孔に挿入した時と同じ体勢になった。だが、一つ違うのは、挿入する部分の違いから、ペニスの位置をかなり下げなければいけないことだ。その状態で腰を使うのは実質的には不可能に近かった。

――どうすればいい？　何か義姉さんの腰の下に入れようか。

周りを見回すと、恰好の材料が見つかった。

「そっちの枕、取ってくれない？」

「これ？　どうするの？」

「尻の下に入れて、腰を持ち上げるんだ。その方が動きやすいから」

浩介は兄の枕を受け取ると、彼女の脚を持ち上げて、浮いた尻の下にそれを差し入れた。それで肛門の位置が高くなって、結合部がちょうどいい位置になった。

――まさか、自分の枕をこんなふうに使われているなんて、夢にも思わないだろうなあ。

兄が知ったら屈辱感に苛《さいな》まれるに違いない。そう思うと背徳の血が騒いで仕方ない。抽送も楽になってスムーズに腰が動く。

やがて浩介は、さらに大切なことに気がついた。千絵が仰向けに寝ているから、新たに溢れた愛蜜がアヌスの方に滴っていくのだ。それがペニスの砲身に流れて、いっそう滑りを良くしてくれる。

浩介はもっと愛蜜を溢れさせたくて、再びバイブを使ってみることにした。さっきは抽送しながらクリトリスを攻めたが、今度は秘孔も一緒に攻めることができる。スイッチを入れてまずクリトリスを刺激すると、千絵はすぐさま反応して喘ぎを洩らしはじめた。すると、さっきと同じようにペニスが締めつけに遭《あ》うのだった。

だが、クリトリスだけでなく秘孔まで一緒に攻めるとなると、さっきバックでやったのと同じように、結合をかなり浅くする必要があった。浩介は亀頭が抜け出そうなぎりぎりまで退いて、小刻みなストロークに変えた。そして、バイブをクリトリスから秘孔に移動させて嬲りはじめた。

「あ、それ……いいわ。もっと……もっといっぱいして……」

千絵がさも心地よさそうな声を上げた。クリトリスと秘孔を交互に攻め続け、やがて秘孔にバイブを挿入してみたくなった。肉棒と疑似ペニスの二本を同時に挿入するのも面白いと思ったのだ。

だが、バイブを秘孔に突き立てるには、浩介自身がかなり後ろに身を反らさないと角度が無理だ。仕方なく挿入は諦めるしかなかったが、クリトリスと秘孔の同時攻めは可能だった。バイブをくねくねモードにして、縦に押し当てれば同時に刺激が伝わるからだ。

それで浩介は、最強のくねくねモードにしてあてがい、アヌスの律動と並行して攻め立てた。千絵の反応は鋭く、すぐさま甲高いよがり声が寝室に響き渡った。

「いいいっ！　そ、それ、もっとちょうだい……ああっ、い、いっ……イク……イッちゃうぅ！」

後から後から愛蜜を滴らせ、義姉は激しく身悶えする。上体をくねらせたり髪を振り乱すだけでなく、腰まで波打たせるものだから、抽送による摩擦感以上に思わぬ快感をもたらすこともあった。

排泄器官で繋がった浩介は、いま千絵との間に結ばれた淫靡で強い絆《きずな》を感じていた。誰にも言えないこの関係が、より強固なものになった気がして、言い知れぬ愉悦と法悦の高みへと舞い上がっていった。

身悶えを続ける千絵が強烈な締めつけを見せ、快感が急カーブを描いて上昇した。禁断の快楽が極まる気配を感じ取って、浩介は猛然とスパートをかけた。

「ああうっ……いいわ……いいわ、す……すごいの……ああ、すごいの、もっと来て……いっぱい来てぇ……ああ、イイイーッ！」

義姉は激しく腰を揺らしてアクメに向かう。浩介の腰使いも加速が止まらない。湧き起こる甘美な電流が背筋を駆け上がり、脳髄を痺れさせる。と、熱い塊が下腹の奥で弾け、一気に迫り上がってきた。怒張が大きく脈を打つと同時に、夥しい精液が義姉の排泄器官を直撃した。

「あううっ！　……うおおーっ！」

歓喜の雄叫びとともに全身が激しく痙攣した。千絵も手と脚を突っ張らせ、搾り出すような喜悦の声を上げながら、腰をぶるぶる震わせた。目の前が真っ白に霞んだかと思うと、目眩《めまい》のような快美感と陶酔感が襲い、長く余韻を引いていつまでも浩介を包んでいた。

やがて、ぐったり脱力しきった浩介は、義姉の中から抜け出てベッドに体を投げ出した。すぐ隣に重なるように千絵が横たわっている。静寂が戻った寝室に、二人の荒い息遣いだけが響いていた。

長くなった春の日も、いつの間にか暮れようとしていた。まるで禁断の蜜を味わってしまった二人を世間から隠すように、薄い闇が窓から流れ込んできた。

「ねえ、起きて」

先に体を起こした千絵が、横たわる浩介の肩を揺らした。

「ん、何？」

「ほら、これ」

千絵はそう言って、萎えきったペニスを握ってきた。

「このままではしょうがないでしょ。お風呂できれいにしてあげるわ。いらっしゃい」

言いながら千絵は、手の中の肉棒をむにむにと柔らかく握り直した。しなやかな手指に揉みあやされて、ペニスがむずっと膨らみかけた。

二見文庫

兄《あに》嫁《よめ》との夜《よる》

著者　深草潤一《ふかくさじゅんいち》

発行所　株式会社 二見書房
東京都千代田区三崎町2-18-11
電話　03(3515)2311［営業］
03(3515)2313［編集］
振替　00170-4-2639

印刷　株式会社 堀内印刷所
製本　株式会社 村上製本所

ISBN978-4-576-06039-2
http://www.futami.co.jp/

二見文庫の既刊本

人妻痴漢電車

FUKAKUSA,Junichi
深草潤一

大手機械メーカーの部長代理の高瀬は、通勤電車内で自分の股間に誰かの拳が当たっていることに気づく。それが実は女性のものだとわかった瞬間から、高瀬の暴走が始まる。その同じ電車にかつての同級生・村川もたまたま乗り合わせており、ひょんな再会のうえに意気投合した二人は共闘して人妻の体に手を伸ばす……。